Zwischen Alltagswahn und Fankurve

Rainer Franke

Zwischen Alltagswahn und Fankurve

Mittendrin und Drumherum - 2

Bibliografische Information der
Deutschen Nationalbibliothek:
Die Deutsche Nationalbibliothek verzeichnet diese
Publikation in der Deutschen Nationalbibliografie;
detaillierte bibliografische Daten sind im Internet über
http://dnb.dnb.de abrufbar.

Illustration: https://pixabay.com/

Herstellung und Verlag: BoD – Books on Demand,
Norderstedt

ISBN: **978-3-7386-3897-4**

Inhaltsverzeichnis

Vorwort

Diese Anthologie enthält zwölf Texte aus dem Alltag. Es sind Geschichten, wie wir sie oft erleben, ohne uns darüber viele Gedanken zu machen. Mal sind die Situationen skurril, dann wieder völlig alltäglich, gewöhnlich. Und doch hat jeder Moment etwas Besonderes.

Gehen wir aufmerksam durch unser Leben, durch diese Welt, so entdecken wir immer wieder interessante Dinge. Man muss sie nur aufschreiben. Worte sind wie Pinsel und Farbe oder wie ein Fotoapparat mit unterschiedlichen Filtern vor dem Objektiv. Geschickt angewendet, entstehen bunte Bilder unseres Lebens.

Mit viel Fantasie, einer tüchtigen Prise Humor, Ironie und ein wenig Sarkasmus beschreibt der Autor unsere Welt im Büro, zu Hause, unterwegs ... Natürlich kommen die Liebe und das Verhältnis zwischen Mann und Frau nicht zu kurz. Manche Szenen werden überspitzt, um ihr Wesen heraus zu arbeiten, sie interessant, spannend und lesenswert zu machen.

Einige der Kurzgeschichten entstanden bei Treffen mit befreundeten Autoren. Gemeinsam wurde nach einem Stichwort einfach drauflos geschrieben. In diesem Schreibrausch entstand so manche lustige, nicht ganz ernstgemeinte Geschichte. Später im stillen Autorenkämmerlein wurde an den so entstandenen Texten gefeilt und geschliffen. Die Paris-Geschichten in diesem Band sind typische Beispiele hierfür. Andere Anregungen gab es auf Autorenblogs im Internet.

Der Autor Rainer Franke, in Brandenburg geboren, lebt in Thüringen und arbeitet seit über zwei Jahrzehnten als Ingenieur in Frankfurt.

Texte veröffentlicht er regelmäßig auf seinem Blog (www.twilightfoto.wordpress.com). Die Themen kommen aus dem Alltag, werden auf der Straße, im Supermarkt, in der Straßenbahn, in den Medien aufgeschnappt. Gerne setzt er sich mit der Liebe und unserem Leben in hundert Jahren auseinander. Viele Geschichten spielen nahe der Verbindungslinie zwischen Erfurt in Thüringen und Frankfurt am Main, der hessischen Metropole.

> „Geschichtenschreiben ist eine spannende
> Leidenschaft, die ich mit Zuhörern und
> Lesern teilen möchte."

Als Ingenieur und Autor sieht er die Welt durch zwei sehr unterschiedliche Brillen. Rational, pragmatisch und technikorientiert auf der einen Seite sowie verspielt, abenteuerlustig, nachdenklich, zweifelnd und fantasievoll andererseits. Die Texte sind gespickt mit Ironie, gelegentlichem Sarkasmus und vielen Fragen. Dieser scheinbare Zwiespalt und das Zusammenkommen von Gegensätzen spiegeln sich in den Erzählungen vielfach wider.

In diesem Band der Reihe „Mittendrin und Drumherum" geht es um Geschichten aus dem Alltag. Im ersten Band „Lieblich bis zartbitter" dreht sich alles um die Liebe. Weitere Folgen sind geplant.

1 Aus aller Welt

Paris: die Stadt der Liebe und des Eiffelturms. Der Autor war bisher nie dort, deshalb verzeihe man ihm einige Ungenauigkeiten. Die machen die Geschichten vielleicht besonders spannend.

Paris ist so anders als die Heimatstadt und hat doch so viele Ähnlichkeiten! Weit weg von zu Hause treffen die Protagonisten Bekannte. „Oh je! Muss das sein!" Gestreikt wird auch wieder. Das bringt Probleme mit sich. Doch wo sind der Anfang und das Ende? Was hat eine defekte Klospülung im fernen Deutschland mit Paris zu tun?

Der Ball ist rund. Das weiß Trainer Max Torlos genau. Wenigstens verpflichtet er einen Klasse-Torwart, einen von großem Format. Weil die Jungs keine Tore schießen, verliert der Trainer seinen Job. Das kennen wir aus der Bundesliga. Allerdings streiken deswegen die Spieler der ehemaligen Mannschaft von Max: „Ohne unseren Trainer Max Torlos macht das keinen Spaß mehr!"

Lucie wurde von ihrem Freund verlassen. Wer hat ihren Ausrutscher auf dem Sommerfest gepetzt? Das klärt Frau Schulze-Mitterlich auf.

Vorher besucht Lucie Köln. Mr. York fährt viel zu schnell. Deshalb fehlt ihm der nötige Durchblick. Der Dom mit diesem neumodischen Fenstern interessiert Lucie weniger. Lieber pflegt sie kleine Pflänzchen, andere allerdings als die Schnittlauch-Königin. Schließlich erfährt sie, wer der Verräter war. Der ist in sie total verschossen.

Das klingt alles ziemlich durcheinander. Die Knoten werden in den folgenden Geschichten systematisch entwirrt.

Unterwegs nach Paris

Geschwindigkeit ist nicht alles. Eine Weichenstörung lässt jeden Express zum Bummelzug werden. Termine platzen wie Seifenblasen, der Urlaubstrip wird zur Geduldsprobe mit eingebautem Schweißausbruch.

Selbst Züge, die mit 300 Klamotten durch die Landschaft rasen, können Verspätung haben. Wenn sie kurz vor dem Ziel, die Aura dieses stählernen Phallus ist längst zu spüren, auf freier Strecke stehen, trauert man um jede der träge rinnenden Urlaubssekunden.

Der Zugbegleiter, früher lapidar Schaffner genannt, schwafelt irgendetwas in einer fremden Sprache. Es scheint etwas Größeres zu sein, zumindest gemessen an der Länge der Ausführungen. Dass er Französisch spricht, liegt nahe. Endlich erklärt er in akzentuiertem Deutsch, schließlich startete der Express in Frankfurt am Main, dass ein technischer Fehler, eine kaputte Weiche, die Weiterfahrt hinausschiebt, auf unbestimmte Zeit verzögert. Man fühlt sich heimisch. Was nützt es, mit Höchstgeschwindigkeit gefahren zu sein, wenn man trotzdem eine geschlagene Stunde später ankommt? Zeit ist relativ und relativ viel Verzögerung ist auch zu spät. Jede Minute des Urlaubs ist kostbar, besonders in einer Stadt wie Paris!

Beim Aussteigen grüßt eine junge Frau. Ich bin überrascht und antworte artig. Alle reden hier ausländisch und ich werde auf Deutsch gegrüßt! Deutsch ist hierzulande fremdländisch. Im Moment überfordert mich das Ganze. Kenne ich die Dame überhaupt? Irgendwo sah ich sie mal oder etwa nicht? Doch! Es war in Frankfurt, sie wohnt seit wenigen Monaten in einer der Nachbarwohnungen. Ist das ein Zufall! Schnell wird sie vom Gewusel des Bahnsteigs verschluckt.

Das Durcheinander im Pariser Hauptbahnhof ist gewaltig, besonders wenn mehrere Züge fast gleichzeitig eintreffen. So etwas nennt man Planung. Regeln gibt es nicht. Jeder läuft, wie es ihm in den Sinn kommt. Es entsteht ein Schleichen, ein Schubsen, eine träge fließende Masse, die eher ein dicker Brei ist, in welchem immer wieder Strudel in die entgegengesetzte Richtung eindringen. Ein Rollkoffer kollidiert mit meinem Fuß. Dessen Richtungswechsel war zu abrupt. Alle zehn Meter duftet es andersartig. Hier reiht sich ein Bistro ans andere. Die eingepackten Wurststullen haben mich so gesättigt, dass ich lustlos weitertreibe. Na gut, ein Pott Kaffee wäre nicht schlecht. Aber mehr zieht es mich in Richtung meines Hotels. Dort angekommen werden neue Prioritäten gesetzt.

Ich brauche ein Taxi! Der Zettel mit der Anschrift des Hotels steckt in der Jackentasche. Wenn ich nur wüsste, wohin ich gehen muss. Dann würde ich versuchen in die Wellen der Dahinziehenden einzutauchen und mich treiben lassen. Aber ich rutsche immer an den trägen Rand, verliere den Schwung und habe dadurch Gelegenheit, mich umzuschauen. Übergroße Wegweiser zeigen in irgendwelche Richtungen. Wenigstens die Piktogramme sind verständlich, die meisten jedenfalls. Sie erscheinen ungewohnt.

Große Plakatwände, flackernde Bildschirme, kaugummiverzierte Fußbodenbilder ziehen die Blicke auf sich. Werbung scheint auch hier beliebt zu sein. Sogar die Bilder sind Französisch. Nur die Reklame für Schokoladencreme ist international, weltweit verständlich. Bestimmt lieben selbst Pinguine und lebertranverwöhnte Eskimos diese braune Paste.

Ein Wagen mit Koffern versperrt fast die halbe Breite des Bahnsteigs. Ein Stau, mehr Stopp als Go, kein Hupen dafür mit Fluchen, entsteht. Es ist erstaunlich, wie der ohne Schubsen und mürrischem Drängeln existieren kann. Mittendrin hockt ein alter Mann und knotet seine Schnürsenkel. Mütterchen hält derweil den Krückstock. Paris ist komisch.

Ich folge den Schildern, die zur Taxihaltestelle weisen. Meinen Arm zieht es lang, der Koffer wird schwerer. Eines der Räder klemmt und lässt die Koffermusik im Dreivierteltakt klingen. Es ist der Punk des Bahnhofs, Heavy Plastikrad Sound.

Ein tristes Grau empfängt mich vor dem Gebäude. Zum Glück ist es nicht direkt kalt und Regen scheint auch nicht zu drohen. Aber der Wind … Der Herbst nimmt Anlauf, deutet an, welches Potenzial in ihm steckt. Ich überlege, ob ich die Strickjacke vorsichtshalber aus dem Koffer klauben sollte.

Ein Taxistand gleicht einem Taxistand, weltweit. Doch dieser hat eine Besonderheit, mit der Reisende kaum rechnen können, eine die ihnen höchst unwillkommen ist. Es sind nicht die vielen Fahrzeuge in der ungewohnten Farbe, die Menge fremder Laute, eine undeutsch, diszipliniert wartende Schlange von Fahrgästen. Hier geht nichts, reinweg gar nichts. Kein einziges Taxi fährt, obwohl viele herumstehen. Es wird mal wieder gestreikt. Das ist wie zu Hause, nur dass hierzulande nicht die Lokführer, die Piloten oder Postboten, sondern zur Abwechslung mal die Taxifahrer ihre Arbeit niederlegen. Sie stehen in einer weitläufigen Traube, versperren die Ausfahrt, palavern unüberhörbar und halten mehrere große Schilder hoch. Was darauf steht, ist nur zu ahnen. Bestimmt fordern sie höhere Löhne und kürzere Arbeitszeit, Nachtzuschlag und Steuererleichterungen. Dass es ein Streik ist, erfahre ich durch einen sprachkundigen Fahrgast, einen sächsischen Reisenden. Der sieht den deutschsprachigen Reiseführer in meiner Hand und spricht mich an.

„Die haben ihre Arbeit schon vor zwei Tagen niedergelegt und einer von der Gewerkschaft erklärt gerade irgendwas. Ich glaube, die streiken noch weiter." Er sagt es natürlich in reinstem Sächsisch, zumindest erfühle ich diese sächsische Reinheit nachdem ich seine Worte mühsam ins Hochdeutsche übertragen habe. In meiner Antwort, in perfektem Neuhochdeutsch:

„Hm", schwingt so etwas wie Resignation mit.

Gibt es in Paris eine Straßen-, eine S- oder U-Bahn? Was nützt mir dieser alte Blechturm, wenn ich mit meinem Koffer an diesem Ort versauere? Geht das so weiter, ist der Urlaub vorbei und ich kenne lediglich eine Taxihaltestelle. Ist ein Taxistand, von dem kein einziges Taxi abfährt, ein Taxistand? Hier ist außer einem grenzenlosen Menschengetümmel, abgestellten Taxis, einer grölenden Masse von Droschkenkutschern und dem Lärm einer großen Straße, nichts zu sehen und zu hören.

Mein Stadtplan ist veraltet. Seine beste Zeit hatte er vor zehn Jahren oder sind es bereits fünfzehn? In meiner Not habe ich ihn kürzlich auf dem Flohmarkt unter einem Stapel älterer Bücher hervorgekramt. Ohne Straßenkarte nach Paris zu fahren, erschien mir etwas gewagt. Umso mehr war ich erleichtert, dieses Exemplar in letzter Minute für einen Euro erworben zu haben. Ich versuchte zu handeln, wollte wenigstens einen Sechser sparen – es ist ein recht altersschwacher Plan – aber der Händler ließ nicht mit sich reden. Dagegen war der Reiseführer ein echtes Schnäppchen. Wegen meiner Unentschlossenheit gab mit der Flohverkäufer einen Korkenzieher mit verbogenem Eifelturm als Handgriff gratis dazu. Ich bin wohl ein Glückspilz!

Es dauert jetzt eine halbe Ewigkeit, bis ich auf dem Plan die Rue de la Chanson entdecke. Diese Rue ist nicht weit von hier. Aber sie scheint bestimmt einen, vielleicht gar zwei Kilometer lang zu sein. Haus Nummer elf deutet darauf hin, dass mein Ziel am Anfang der Straße liegt. Doch wo sind Anfang und Ende? Ist der Anfang das Ende oder das Ende der Anfang?

Mit dem großen Backsteinbau im Rücken entferne ich mich in Richtung dieses breiten Boulevards. Ein schier unendlicher Quell schickt Massen von Fahrzeugen hier entlang. Man riecht es, eine Umweltzone gibt es in Paris nicht. Wenigstens wird nicht gerast. Schrittgeschwindigkeit, maximal Joggertempo sind angesagt. Und immer wieder stoppt die Lawine. Die Fußgängerampel tut, was jede Ampel weltweit am meisten liebt. Sie zeigt Rot, dieses so verhasste Rot, wie es nur an Ampeln zu finden ist. Das scheint hier kaum jemanden zu interessieren. Fußgänger laufen einfach los und die Autofahrer schlängeln sich laut hupend dazwischen hindurch. Oder ist es umgekehrt? Die große Zahl der Motorrollerfahrer lässt vermuten, dass die Franzosen ein mutiges Volk sind. Ich hätte auf dieser Straße wohl selbst im Panzer Schiss. Ein bunter Koffer schrammt an einem gelben Peugeot. Dröhnendes Hupen, hektisches Schreien sind die Folgen. Man ahnt, was gebrüllt wird und ist froh, es nicht zu verstehen. An dieser einen, vielleicht der hundertsten Schramme an dem Vehikel geht die Welt nicht unter, nicht in Paris. Ich habe Angst. Ein unerwartetes Grün rettet mich. Wissen die Autofahrer, dass jetzt die Fußgänger dran sind?

Hätte ich im Frühjahr einen Volkshochschulkurs belegen sollen? Wenigstens ein paar grundlegende Begriffe könnten von Vorteil sein. Außer ‚Pissoire‘ und ‚Trottoir‘ fallen mir keine Worte ein, die hier brauchbar wären. ‚Pizza‘ stammt aus Italien, wurde in der Bahnhofshalle trotzdem mehrfach angeboten. Eine Dönerbude sah ich auch. Aber ‚Pissoire‘ ist eine wichtige Vokabel. Das wird mir gerade in diesem Moment klar. Bestimmt werde ich sie in Kürze brauchen. Andererseits bin ich bei solchen Worten froh, dass in Gedanken die französische Rechtschreibung völlig ohne Belang ist.

Paris, die Stadt der Liebe! Wo ist sie hin, die Liebe? Im Moment verspüre ich so etwas wie Frust, gepaart mit Wut auf die schlechte Bezahlung der hiesigen Taxifahrer. Und meine Arme werden vom Zerren am Koffer lahm. Ich bin froh, dass er Räder und einen breiten Griff hat. Doch nun scheint noch Rolle Numero zwei ein Problem zu haben. Der Kennerblick verrät, eine Schnur hat sich verheddert. Da ist nichts zu machen. Ich bräuchte Werkzeug zur Reparatur.

Die Straßen von Paris sahen auch schon einmal besser aus, besonders die Gehsteige, diese Trottoirs. Wenn es eine Schlaglochsteuer geben würde, wäre Frankreich ein reiches Land, käme gleich nach Deutschland. Weshalb heißt Frankreich überhaupt Frankreich? Hier sind die Taxifahrer so arm, dass sie streiken müssen. Ich erinnere mich an keine Stadt, in der ich so lustlos begrüßt wurde.

Natürlich ist der Anfang dieser Rue tatsächlich ihr Ende. Trotz des schweren Koffers, der abwechselnd an den Armen zerrt, knattert, wie ein Hürlimann, wird mein Tempo nicht geringer. Ich bin lernfähig und quere mehrere Seitenstraßen bei Rot, nicht ohne eine passende Lücke im Verkehr abzuwarten. Ein Pissoire käme mir jetzt gelegen. Der Gedanke daran, wie ich der Dame an der Rezeption des Hotels möglichst schnell klarmache, wer ich bin, was ich will und was ich muss, lenkt mich von der Wahrnehmung des Drucks ein wenig ab.

Eine Leuchtreklame markiert die Ziellinie. Sogar am Tage leuchtet sie. Zumindest die Hälfte der Buchstaben strahlt, die andere sieht etwas demoliert aus. Es ist sicher die Zeit, die hier genagt hat. Zeit habe ich nicht. Ein dringendes Bedürfnis bedarf der Befriedigung. Die Schlange an der Rezeption hat fünf Köpfe, die alle zu einer Clique gehören, was sich als glücklicher Umstand erweist. Es scheint ein Lehrling zu sein, der mich höflich begrüßt. Modisch sieht der Hut dieses Mädels wirklich nicht aus. Paris enttäuscht mich.

Bürokratie muss sein. Ich fülle das Meldeformular geschwind und nach Gefühl aus, erhalte den Zimmerschlüssel und suche den Lift. Der ist gerade in der vierten Etage, genau dort, wohin es mich zieht. Er braucht eine halbe, nein eine ganze Ewigkeit, bis er hier unten eintrifft. Druck zerrt Zeit in die Länge. Er ist auch nicht schneller, als mein Hochgeschwindigkeitszug von Frankfurt nach Paris.

Geschafft! Ich bin geschafft, ich habe es aufs Pissoire geschafft, rechtzeitig und glücklich.

Das Zimmer unterscheidet sich kaum von anderen Hotelzimmern. Es versprüht eine patinageschwängerte Aura, die es in Jahrzehnten aufgebaut hat. Bett,

Schrank, Stuhl, Vertiko sowie ein Sekretär, alles aus dem vorletzten Jahrhundert, alles massiv und solide gezimmert. Das schafft Vertrauen. Dazu ein Fernseher vom Feinsten, zwei Nachttische, die Bibel in drei Sprachen, ein paar Prospekte, mehrere vergilbte Bilder an der Wand - das ist mein Hotelzimmer. Als Erstes rücke ich die Schinken ins Lot. Ordnung muss sein!

Ich bin in Paris, in einem langweiligen Hotel! Also ab nach Paris! Wo ist dieser eifrige Turm, der triumphale Bogen, die rote Mühle? Ein simpler Pott Kaffee würde mir guttun!

„Tach! Das ist ja wie zu Hause! Andauernd sehe ich bekannte Gesichter!", ruft mir jemand in einem unüberhörbaren Bass zu, als ich etwas suchend im Foyer der Hotels stehe. Noch einer, den ich kenne. Freundlich grüße ich zurück und mache mich rasch auf den Weg nach Paris.

Ein Taxi käme mir gelegen, wenn es käme.

Der Hausmeister von Paris

Es gibt Augenblicke, in denen alles Unglück dieser Welt gleichzeitig ein Fest feiert. Wäre Katharina nur ein wenig schneller gelaufen oder hätte sie ein paar Sekunden lang getrödelt, wäre ihr viel erspart geblieben. Nun gibt es kein zurück. Wer in seine Klauen gerät, ist verloren.

„Endlich! Endlich Paris!", denkt Katarina und sucht den Ausgang des Bahnhofs. Sie freut sich, angekommen zu sein. Jetzt ein Taxi, dann ist sie am Ziel. Die Kommilitonin wird sie schon erwarten. Erst einmal kämpft sie sich durch das Gewusel bis zum Taxistand.

Überraschend trifft ihren Hausmeister, den Herrn Bernhardt Knesebrüll. Ausgerechnet den und noch dazu hier in Paris. Größer könnte der Gegensatz zweier Menschen nicht sein. Katharina, Anfang zwanzig, klein von Wuchs, gut gebaut, schüchtern, wie Bernd das Brot, ist angehende Dentistin. Natürlich trägt sie ihr kürzestes Kleid. Ihr wunderschöner, knapp bedeckter Po weckt die Fantasien von Männern jeder Altersstufe. Das scheint Absicht zu sein. Paris, die Stadt der Liebe, erfordert solche Maßnahmen. Davon ist sie überzeugt. Selbst der kurze, hochgeschlossene Blazer beeinträchtigt dieses Bild nicht. Das passt zu einer Weltstadt - zum Wetter eher wie Ketchup zu Vanillepudding. Es ist kühl und windig.

Hausmeister Knesebrüll, Ende sechzig, groß, wie immer mit einer etwas speckigen erscheinenden Cordhose und dem karierten Hemd bekleidet, trägt seinen weiten Mantel offen. Er scheint zu schwitzen, obwohl dieser frische Wind geht. Hilflos schaut er in die Runde. Man könnte meinen

„Was will der in Paris?" Er passt nicht hierher, ist trotzdem hier.

Knesebrüll entdeckt Katharina, eine Mieterin des großen Wohnblocks im Frankfurter Dichterviertel. In seiner Not zweifelt er keinen Augenblick, dass sie es ist, die er hier und heute und tausend Kilometer von der Heimat entfernt trifft. Wahrscheinlich ist er froh, seine Frau zu Hause gelassen zu haben. Die wäre jetzt eine Last, wenig hilfreich auf dem weiteren Weg. Die hätte nur gequengelt, gejammert, wäre in dem Gewühl vielleicht verloren gegangen. Und dieses Mädel, da ist sich Knesebrüll sicher, hätte er mit seiner Angetrauten an der Hand, garantiert übersehen.

„Typisch, dass du die mit dem kurzen Rock ansprichst!", hätte sie geschimpft. Er kennt seine Luise. Schließlich sind sie lange genug miteinander verheiratet. Zu einer jungen Frau, auch wenn sie hübsch ist, hat er im Moment mehr Vertrauen. Regelrecht glücklich ist er, einem hilfsbereiten Wesen, er zweifelt keinen Augenblick an Katharinas Hilfsbereitschaft, zu begegnen.

„Guten Tag, Herr Knesebrüll!", erwidert Katharina den Gruß des Hausmeisters. Innerlich ärgert sie sich schon jetzt, ausgerechnet ihn hier zu treffen. Es soll doch ein schönes Wochenende werden, in Paris und zusammen mit ihrer französischen Freundin. Knesebrülls Vermutung bestätigt sich somit und sein Gesichtsausdruck hellt augenblicklich auf. Er fühlt sich gerettet in der gnadenlosen Hölle dieser Stadt.

„Dass ich sie treffe, damit hätte ich im Leben nie gerechnet. Was für ein Zufall!"

„Tach! Ja, ich auch nicht. Aber das trifft sich gut. Die streiken hier!", dröhnt sein Bass über den Platz.

Die Umstehenden schauen ihn verwundert an, verstehen wahrscheinlich kein Wort und denken nur

„Was für ein komischer Kauz? Bestimmt kommt der aus Deutschland!" Natürlich denken sie das auf Französisch, natürlich haben sie Recht.

„Wie komme ich denn nun zur Rue, … Rue …, äh, wie heißt diese Rue?" Katharina blickt ihn fragend an.

„Irgendwas mit Rue della Musik oder so. Warten sie mal, ich schaue auf den Zettel. Meine Frau hat mir alles genau aufgeschrieben." Er sucht in seiner Tasche, zerrt einen zerfledderten Stadtplan hervor und faltet ihn umständlich auseinander. Am Rand steht handschriftlich einiges vermerkt.

„Rue de la Chanson!", sagt er triumphierend, „Wie dieses Musikfestival, das dauernd im Fernsehen kommt. … Kennen sie noch ‚Ein bisschen Frieden!' von Nena?"

„Von Nicole, meinen sie sicherlich", verbessert Katharina, „Das ist aber egal."

„Wie kommen wir jetzt dahin?"

„Wir? Ich muss zum Montmartre, genauer gesagt in die Gegend vom Montmartre." Hausmeister Knesebrüll winkt ab und Katharina nickt gleichzeitig. Sie verstehen sich ohne Worte.

„Zeigen sie mal den Plan!" Katharina entfaltet den Stadtplan vollständig, legt ihn auf den Koffer, hockt sich daneben. Der lange Hausmeister geht umständlich in die Knie. Sein Kreuz ist nicht mehr so flexibel.

„So, wie der Stadtplan aussieht, ist der aus dem letzten Jahrtausend. Aber hier steht 2011, ist viel neuer als meiner. Der hat ganz schön gelitten", denkt Katharina, als sie diese Straße sucht. Plötzlich fällt ihm ein, dass seine Lesebrille noch im Rucksack steckt. Mühsam, nicht ohne Stöhnen, erhebt er sich, stellt den uralten Tornister auf sein rechtes Knie, droht jeden Moment umzukippen und klaubt das Brillenetui aus einer Seitentasche. Währenddessen wird Katharina gewahr, dass sie mitten im Menschenstrom hocken, jeden Augenblick umgerannt werden könnten. Aber wie von Zauberhand weichen alle Passanten im letzten Moment geschickt aus. Knesebrüll scheint der Felsen im Strom zu sein.

Sie schauen gemeinsam auf die Karte. Selbst der lange Knesebrüll ist nun ein Liliputaner, ein großer allerdings. Mehrere Fußgänger stolpern fast über sie. Katharina möchte an die Seite wechseln, aber das geht mit diesem Kerl nicht, der ist angewachsen, unverrückbar. Sie hat den Weg längst erkundet. Weit scheint es nicht zu sein.

„Hier ist es", sagt sie und zeigt mit dem Finger auf den Plan.

„Sie gehen gleich da über die Straße. Dort ist eine Ampel. Dann geht es an dem großen Hotel in die Seitenstraße rein. Wie die heißt, kann ich nicht lesen, das steht genau auf dem Knick. Dann die erste, nein, die zweite Straße halb rechts. Das ist schon die Rue de la Chanson!" Katharina schaut ihn wissend an.

„Jetzt müssen sie nur noch die richtige Hausnummer finden. Welche suchen sie denn?"

„Die Elf! Ist bestimmt ganz am Anfang", stellt der Hausmeister zufrieden fest.

„Oder am Ende, wenn das Ende der Anfang ist. Die Straße ist ja nur einen, vielleicht anderthalb Kilometer lang." In Katharinas Stimme schwingt etwas wie Ironie verpaart mit Schadenfreude. Hat dieser Typ, der sich Hausmeister nennt, für die Reparatur ihrer Klospülung doch über drei Wochen benötigt. Insgeheim hofft sie, ihm das jetzt heimzahlen zu können.

„Ich könnte ihn ja in die falsche Richtung lotsen. Dann verläuft er sich mitten in Paris und endet hilflos auf einer Parkbank, wo ihn alle für einen Penner halten und achtlos vorüber gehen. Wie ein Stadtstreicher sieht der fast schon aus!" Katharina geniest den Gedanken einen Moment, verwirft ihn dann.

„Einen älteren Herrn ärgern, das macht man doch nicht!", beschwichtigt sie sich, „Zumindest nicht so niederträchtig." Sie erhebt sich und faltet den Stadtplan so, dass nur das Bahnhofsviertel zu sehen ist.

„Ich bringe sie noch über die Straße, bis zum Restaurant dort an der Ecke. Den Rest finden sie dann."

„Oh, das ist nett! Hoffentlich macht es nicht zu viel Mühe für sie. Sie haben einen schweren Koffer."

„Der hat Rollen. Das geht schon."

Während sie sich etwas mühsam durch die Menschen drängen, erinnert sich Katharina an die langwierige Reparatur ihrer Klospülung.

* * *

Katharina lebt seit wenigen Wochen in einer der Wohnungen im ersten Obergeschoss des Hauses. Sie hat das kleinste Apartment im Haus, eine Einraumwohnung. Eine größere Herberge braucht die Studentin nicht, könnte sie sich nicht leisten. Jedenfalls ist es von hier aus nicht weit bis zur Haltestelle von Straßen- oder U-Bahn. In gerademal zwanzig bis dreißig Minuten ist sie an der Uni.

Heute schwänzt sie die Vorlesung. Die Klospülung versagt ihren Dienst, es kommen nur noch wenige Tropfen gelaufen, egal, wie sie drückt, den Spülungsknopf drückt. Der Hausmeister Knesebrüll weiß Bescheid. Gegen halb neun wird er sich das Malheur mal anschauen.

„Ist sicher nur eine Kleinigkeit!", hat er gesagt, „Das kriegen wir hin!" Vorher will er noch zum Bäcker, Brötchen für sich und seine Frau holen und frühstücken. In seinem Alter, immerhin ist er längst Rentner, geht das alles nicht so schnell.

„Sie haben doch bestimmt Zeit, müssen ja nicht jeden Morgen ins Büro rennen, wie dieser Herr aus der Nebenwohnung. Der ist irgend so ein hohes Tier. Hat Immer einen Schlips um den Hals."

Katharina ist extra eine Dreiviertelstunde früher aufgestanden und hat ihr kleines Bad aufgeräumt. Das macht sie sonst nur, wenn Mutter sich angesagt hat, also einmal zum Winter- und einmal zum Sommerschlussverkauf. In Frankfurt würde man doch so gut einkaufen können, alles gleich bekommen.

„Und so preiswert ist es hier!", schwärmt die Mutter jedes Mal von neuem. Die Tochter lässt sie in diesem Glauben.

Katharinas Pünktlichkeit ist legendär. Ihr Freund kommt planmäßig mindestens zwanzig Minuten später als verabredet, wartet dann bestimmt noch weitere zwanzig Minuten. Zweimal gab es deswegen zwischen ihnen einen richtig schlimmen Krach. Inzwischen hat er ein Ultimatum gestellt. Katharina befürchtet, dass Versöhnungssex beim nächsten Mal nicht helfen wird, die Beziehung zu retten. Entweder sie hat dann eine noch bessere Idee oder …

Einerseits empfindet sie eine gewisse Befriedigung, dass auch andere Menschen mehr als unpünktlich sein können. Andererseits beginnt sie, diesen Hausmeister zu hassen. Sie muss mal, das kommt bei Frauen öfter mal vor. Doch jeden Moment könnte der Kerl klingeln. Und dann sitzt sie womöglich auf dem Klo und wird hektisch. Schlimmstenfalls gibt es eine kleine Pfütze auf Brille, Fliesen oder der Wäsche und spülen kann sie auch nicht.

Es klingelt - endlich. Katharina öffnet die Tür und Knesebrüll kommt grußlos herein. Seine Erscheinung schiebt die Frau regelrecht bis in ihr Wohnzimmer, obwohl die Tür zum Bad gleich neben dem Eingang ist. Fast im selben Augenblick steht er im Bad und klappt den Deckel vom Klo hoch.

„Geht doch, die Spülung, wo ist denn das Problem! Oder haben sie nicht mehr …?" „Gepinkelt", wollte er sagen, verschluckt dieses Wort allerdings im allerletzten Moment. Er weiß nicht, wie die jungen Leute das heutzutage nennen. Er möchte vermeiden, sich zu blamieren.

„Ich habe Wasser in den Eimer laufen lassen und es in die Toilette gekippt", klärt Katharina den Hausmeister auf. Gleichzeitig drückt sie auf die Spülung und führt das Problem vor. Knesebrüll scheint von Katharinas Cleverness überrascht zu sein. Er selbst ist immer Herr der Lage. Doch so ein junges Ding! Das verblüfft ihn wirklich. Immerhin feiert er in zwei Jahren die Goldene, kennt seine Frau aus dem Effeff und damit kennt er alle Frauen!

Fachkundig drückt er noch etwa zwanzigmal auf den Auslöseknopf für die Toilettenspülung und stellt schließlich fest:

„Die ist kaputt!" Damit hatte Katharina nicht gerechnet. Sie hatte angenommen, dass er das repariert. Doch dazu braucht er Werkzeug. Das muss er sich im Keller aus seiner Werkstatt holen und das dauert bis zum Mittag. Also ist die zweite Vorlesung für Katharina auch passé.

Schon kurz nach elf steht er wieder auf der Matte. In einem Eimer hat er diverse Werkzeuge und dreckige Lappen. Ein alter, platter Karton soll die Fliesen vor Verschmutzung bewahren. Den legt er über Katharinas Badteppich. Stöhnend hockt er sich vor das Klo. Hier ist es eng und er ist lang. Dann versucht er umständlich den Einbauspülkasten zu öffnen. Als der nicht gehorcht, schimpft er laut. Wahrscheinlich hat er vergessen, dass Katharina neben ihm steht. Oder möchte er bei der jungen Frau Eindruck schinden? Als er die Drückerplatte mit einem großen Schraubenzieher abhebeln will, schreitet Katharina ein.

„Halt! Sie machen das Ding doch ganz kaputt! Nicht mit roher Gewalt! Mit Gefühl müssen sie drangehen!", und mit scheinbar geübten Griff, also mit viel Gefühl, schiebt sie den Deckel hoch und hakt ihn aus. Sie hat neulich zugeschaut, wie ihr Vater solch eine Reparatur bewerkstelligt hat.

Eine rechtwinklige Öffnung gähnt jetzt in der Wand. Knesebrüll ist schockiert. „Gefühl" ist für ihn ein Fremdwort. Er ist ein Mann, da macht er keine halben Sachen und mit Gefühl schon gar nichts.

Knesebrüll schaut in das Loch. Das Loch schaut zurück.

„Hm, sieht nicht gut aus", sagt er und greift hinein. Er versucht wohl, an einem Schlauch zu drehen.

„Wäre es nicht angebracht, das Wasser abzustellen?", fragt Katharina ganz leise. Sie fühlt, dass sie bei Knesebrüll jetzt besser nicht an dessen fachmännischer Klempnerehre anecken sollte.

„Ich will nur mal fühlen, ob hier was nass ist", redet er sich heraus. Dann sucht er die Abstellhähne. Katharina zeigt sie ihm unter dem Waschbecken, und als er fragend schaut, erklärt sie,

„Den mit dem blauen Punkt sollten sie zudrehen. Der andere ist für das warme Wasser."

„Na logisch!", das hätte sie ihm nicht sagen müssen. Er dreht den Hahn zu, so richtig fest zu. Dann drückt er auf den Hebel, der aus dem Loch ragt.

„Ist immer noch kaputt!"

Katharina sagt nichts. Er greift wieder in die Öffnung und versucht, den Wasserschlauch abzuschrauben. Das ist nicht einfach. Knesebrülls Hände sind groß, knochig und etwa siebzig Jahre alt. Die Schlosserzange ist recht klobig. Das Loch in der Wand ist eng, das ganze Bad sowieso. Seine, wie soll man es nennen, seine handwerklichen Fähigkeiten geraten beim Gehwegfegen an ihre Grenzen. Und nun will er eine Klospülung reparieren! Katharina beginnt, sich Sorgen zu machen. Endlich hat er es geschafft und ein leiser Strahl Wasser rinnt aus dem Schlauch in die Katakomben hinter der Fliesenwand. Dann versiegt er. Irgendetwas fällt da hinten plötzlich runter.

„Das war die Dichtung. Die ist sowieso völlig im Arsch!"

Es dauert bestimmt eine Viertelstunde, die Knesebrüll sich scheinbar mit der Reparatur der Klospülung beschäftigt. Aber mehr als reinschauen, sich wundern, die Hand reinstecken, feststellen, dass alles nass ist, sich wieder wundern, mal wissend, dann wieder fragend schauen, macht er nicht. Schließlich steht für ihn fest:

„Da muss ein Fachmann ran. Da kann ich nichts machen. Morgen bestell ich einen Klempner." Er beginnt, sein Werkzeug zusammen zu suchen, schiebt den abmontierten Deckel unter das Klo und wendet sich zum Gehen.

Katharina platzt der Kragen. So geht es wirklich nicht.

„Soll ich jetzt tagelang ohne Wasser auskommen? An dem Hahn hängen das Waschbecken, die Badewanne und nebenan in der Küche der Wasserhahn an der Spüle!" Katharina kennt sich aus.

„Nein, natürlich nicht. Das Wasser stelle ich wieder an!", sagt er.

Im selben Moment passieren mehrere Dinge auf einmal. Dass er den Haupthahn betätigt ist zwar ursächlich für dafür, aber nichts im Vergleich zu den Schimpfworten, die ihm rausrutschen und das Wasser, das aus der dunklen Höhle spritzt. Katharina springt zur Seite, bekommt trotzdem eine volle Ladung ab.

„Drehen sie den Wasserhahn endlich zu!", schreit sie. Es dauert eine scheinbare Ewigkeit, bis der Strom versiegt. Alles ringsherum ist nass.

„Was wollen sie? Wasser oder kein Wasser?"

„Wasser aus dem Hahn und nicht aus der Wand! Wollen sie den Wasserschlauch nicht wieder dranschrauben und dann erst das Wasser anstellen? Oder soll ich etwa der Hausverwaltung mitteilen, dass ich die Miete kürzen werde, weil ich ohne Wasser bin?" Oh, das hat gesessen.

„Dann muss ich erst eine neue Dichtung besorgen. Das dauert ein Weilchen. Fahre erst mal zum Baumarkt."

„Fragen sie mal eine Etage tiefer, ob die Wohnung geflutet ist."

„Nee, nee, das läuft alles durch den Schacht ab, tropft höchstens in die Tiefgarage." Katharina hat Zweifel. Aber Knesebrüll ist schon wieder weg.

Katharina beschließt, heute nicht zur Uni zu fahren. Sie schickt ihrer Freundin eine Nachricht und richtet sich auf einen langen Tag ein.

Jetzt muss sie erst einmal das Wasser in ihrem Badezimmer aufwischen. Aber vorher will sie … Zuerst muss sie jedenfalls die Klobrille abwischen. Darauf stehen Pfützen und das Klopapier kann sie entsorgen, das ist klatschnass. Im Regal liegt - lag eine trockene Ersatzrolle.

Zwei Stunden hat Katharina zu tun, ihr Badezimmer wenigstens einigermaßen in Ordnung zu bringen. Die nasse Pappe hat sie in der Mülltonne entsorgt. Dass dabei Unmengen Dreck im Hausflur landen, ist ihr egal. Für die Reinigung des Treppenhauses ist der Hausmeister zuständig. Meistens erledigt das seine Frau. Die ist nur halb so groß wie er, damit näher am Boden. Trotzdem ist sie mindestens seine Gewichtsklasse, tut sich also nicht weh, wenn sie sich im engen Treppenhaus die Rippen stößt.

Den Badvorleger hat Katharina in die Badewanne gerollt. Darum will sie sich später kümmern. Jetzt legt sie sich erst einmal auf ihr Bett. Die kurze Pause hat sie sich redlich verdient. Auch wenn der Magen knurrt, ist ihr der Appetit aufs Mittagessen vergangen. Ein Kännchen Tee hat sie sich zwischendurch mal gegönnt. Der war schnell fertig, weil sie nur heißes Wasser hat.

Kaum hat sie sich lang gemacht, beginnt die angenehme Lage auf dem Bett zu genießen, da klingelt es.

„Der ist aber fix!", denkt Katharina, „Hoffentlich passt die Dichtung, die er besorgt hat!" Katharina öffnet die Wohnungstür.

„Kann es sein, dass ihr Aquarium geplatzt ist?", fragt sie der ältere Herr, der im Erdgeschoss, genau unter ihr wohnt. Katharina ist irritiert.

„Ich habe kein Aquarium."

„Vielleicht ist auch die Badewanne übergelaufen. Schauen sie doch mal nach!" Jetzt ist ihr schlagartig klar, was die Stunde geschlagen hat. Katharina erklärt ihm, was geschehen ist und dass er sich an den Hausmeister wenden soll. Der wird seine Wohnung bestimmt sehr schnell wieder wohnlich machen. Die Decke und zwei Wände in Bad und Küche streichen, das ist ja eine Kleinigkeit. Die Ironie in Katharinas Worten scheint der Nachbar entweder nicht zu verstehen oder verstehen zu wollen. Schimpfend zieht er ab. Sicher wird er sich beim Hausmeister über sie beschweren. Das ist ihr total egal.

Bevor sich Katharina wieder hinlegt, genehmigt sie sich einen Joghurt aus dem Kühlschrank. Nun ist der leer. Aber Einkaufengehen kann sie jetzt nicht. Jeden Moment könnte Knesebrüll kommen und die Dichtung einbauen wollen. Das Wasser ist ihr wichtiger als ein ausgiebiges Essen. Der Tag ist noch lang. Notfalls flitzt sie am Abend zum Supermarkt. Der hat bis zehn geöffnet. Sie hat eine bessere Idee:

„Bring etwas zu essen mit!", simst sie ihrem Freund. Schnell schläft sie ein. Wenn Studenten schlafen, dann schlafen sie. Zumindest solange es Tag ist. Katharina ist eine typische Studentin.

Es klingelt. Katharina schreckt hoch. Sie muss sich erst einmal orientieren. Sie kommt gerade aus einer studentischen Tiefschlafphase. Dann spurtet sie zur Wohnungstür. Endlich ist er wieder da, dieser Knesebrüll.

„Das hat ja eine Ewigkeit gedauert!", denkt sie. Vor der Tür steht Johann, ihr Freund. Katharina schaut wohl etwas bedeppert.

„Ich dachte, du erwartest mich. Mit ein wenig mehr Freude hatte ich wohl gerechnet."

„Schon gut. Ich habe geschlafen." Ihr Magen knurrt und sie ergänzt, „Hast du etwas zu futtern besorgt?"

„Eine Pizza, eine grüne Gurke und einen Joghurt."

„Und was willst du essen?", fragt Katharina.

„Die Pizza."

„Nee, die esse ich. Ich habe heute noch nichts gegessen."

„Das ist eine Salamipizza, nichts für Vegetarier."

„Seit wann bist du Gemüsefresser? Na gut, wir teilen", lenkt Katharina ein.

Während die Pizza im Backofen schmort, erzählt Katharina, was heute passiert ist. Dann essen sie gemeinsam und ärgern sich über das Vorabendprogramm. Johann will am Abend noch einmal weg, einen Kumpel besuchen. Katharina überlegt noch, ob sie mitgeht. Aber jetzt ist es so gemütlich. Irgendwie finden sie mit der Zeit Gefallen an dieser Schnulze. Und während sie auf der Couch lümmeln, fernsehen, zwischendurch immer mal wieder schmusen, flattern die Kleidungsstücke von Katharina auf den Teppich. Johann legt seine Klamotten ordentlich auf den einzigen Stuhl in Katharinas Wohnzimmer. Sie wundert sich stets wieder über diesen Ordnungssinn. Manchmal ist Johann wirklich komisch.

Sie schalten die Glotze aus. Die Nachrichten sind unerotisch, regelrecht abtörnend.

Es klingelt an der Wohnungstür.

„Scheiße! Wer ist denn das?"

„Knesebrüll, dieser blöde Hausmeister! Mach ihm bitte auf. Ich muss mir etwas überziehen."

„Und ich?", schimpft Johann, während er nur die Jeans überzieht. Es klingelt noch zweimal. Johann lässt Knesebrüll rein. Der wundert sich, macht sich dann an die Arbeit.

„Musste erst da unten Ordnung machen. Es hat ein wenig durchgeregnet. Der ist vielleicht sauer!", erklärt der Hausmeister. Sicherheitshalber hat er gleich drei Sorten Dichtungen mitgebracht.

„Manchmal ist es nur ein Zehntel Millimeter, um den sich die Armaturen voneinander unterscheiden. Da ist nichts genormt. Jeder Hersteller baut sein eigenes Gewinde. Es ist zum verrückt werden. Neulich hatte ein Mieter so eine chinesische Mischbatterie. Da hat nichts gepasst, da musste ich nur wegen einer Dichtung die gesamte Armatur austauschen." Nachdem er noch zwei Dichtungen hinter der Fliesenwand versenkt hat, scheint der Anschluss wieder gelegt zu sein. Vorsichtig, ganz vorsichtig dreht Knesebrüll den Haupthahn auf. Die Leitung ist dicht und das Wasser in Waschbecken, Badewanne und in dem Spülbecken in der Küche läuft ordnungsgemäß. Die Toilettenspülung stellt sich tot. Zehn Minuten fummelt er an der Drückerplatte, bis die sitzt. Hat er gehofft, dass Katharina wieder eingreift? Die sitzt im Wohnzimmer und überlässt Johann die Aufsicht.

Der Abendkrimi im TV ist zur Hälfte vorbei, als Knesebrüll endlich geht. Nun müsste Katharina das Bad noch einmal gründlich reinigen. Überall wo der Hausmeister mit seiner dreckigen, halbnassen Hose gehockt hat, sind Dreckspuren zu sehen. Für heute hat sie genug.

Es wird trotzdem noch ein schöner Abend.

Zwei weitere Reparaturversuche unternimmt Knesebrüll noch.

„Der Klempner hat viel zu tun. Er hat mir 'nen Tipp gegeben. Jetzt kriege ich das hin", hat er jedes Mal erklärt. Katharina hat nicht erwartet, dass er das schafft. Nach dem zweiten Mal hat sie dann gesagt,

„Ich rufe morgen mal bei der Hausverwaltung an. Die sollen doch endlich einen Fachmann schicken!" Knesebrüll hat nicht einmal mehr das Gesicht verzogen. Am nächsten Tag kam der Klempner, hat sich die Klospülung angeschaut und nach fünf Minuten funktionierte alles wieder ordnungsgemäß.

„Das Sieb im Zulauf war verkalkt. Ich habe ein Neues eingesetzt."

Knapp drei Wochen dauerte die gesamte Aktion. Zwei Tage später hat Katharina Hausmeister Knesebrüll im Treppenhaus getroffen.

„Haben wir ja wieder hinbekommen, ihre Spülung. War gar nicht einfach. Bisher konnten wir alles reparieren."

„Ja, der Klempner war wirklich gut. Hat nur fünf Minuten gebraucht. Den sollten sie immer engagieren!"

* * *

Endlich sind Katharina und Hausmeister Knesebrüll an der gegenüberliegenden Ecke angekommen. Es duftet lecker. Neben der Tür des Restaurants ist eine Platte angeschraubt. Zwei fette Sterne funkeln darauf. Katharina weist ihm noch den Weg zu seinem Hotel.

„Da drüben, die zweite Nebenstraße ist ihre Rue de la Chanson. Die müssen sie nehmen. Wo die Elf ist, werden sie sehen. Hoffentlich nicht am anderen Ende

der Straße. Zur Not legen sie mal eine Pause ein!"
Knesebrüll bedankt sich artig und schimpft dabei noch
ausgiebig auf die Pariser Taxifahrer. Dann gehen sie
getrennter Wege.

Katharina läuft zum Hauptbahnhof zurück. Sie beschließt, ihre französische Kommilitonin anzurufen.
Vielleicht kann die ihr helfen, ans Ziel zu kommen.

Sie hat Glück. Eine Dreiviertelstunde später steigt
Katharina in einen zerbeulten gelben Peugeot ein. Am
Steuer sitzt der Vater ihrer Freundin. Er bringt Katharina an ihr Ziel im Stadtteil Montmartre. Die beiden
Mädchen sitzen hinten. Was tun zwei Frauen, die sich
etwa drei Tage lang nicht sahen? Sie haben sich so
viel zu erzählen!

Ausgewechselt

Wenn einmal der Wurm drin ist, taugt der Apfel höchsten noch für Most.

Irgendwie läuft es seit Wochen, nein seit Monaten verquer. Immer schießen die Anderen die Tore. Max Torlos, Coach des FC Mümmelhausen ist trotzdem froh. Tiefer in den Keller geht es bei dem derzeitigen Tabellenstand wirklich nicht. Es kann nur aufwärtsgehen. Schlimmstenfalls halten sie die Tabellenposition. Das ist, genau betrachtet, keine schlechte Aussicht.

„Jungs, die Zuschauer sehen genügend Torschüsse. Die freuen sich wie verrückt darüber. Aber es sind die Fans der anderen Mannschaft. Schießt doch einfach auch mal ein Tor. Dann kommt vielleicht mal ein Anhänger von uns zum Spiel!"

„Haben wir überhaupt noch einen Fan?"

„Ein Tor wird nicht ausreichen, Trainer."

„Falsch, ein Treffer mehr als der Gegner, das reicht völlig!"

„Na, du hast gut reden! Wie hätten wir letzten Samstag neun Tore machen sollen? Wir sind ja fast nie an den Ball ran gekommen!"

„Da musst du eben schneller rennen! Wo ist das Problem?"

„Du stehst ja neben dem Platz, brüllst nur dauernd herum. Wir müssen anderthalb Stunden lang dieser blöden Murmel hinterher hetzen!"

„So geht es jedenfalls nicht weiter! Ein bisschen solltet ihr euch schon anstrengen. Alles kann ich ja nun nicht selbst machen! … Oder soll ich die bestechen?"

„Wäre mal ’nen Versuch wert."

„Du spinnst wohl! Bei meinem Gehalt ist so was nicht drin."

„Wir können ja einen Hut rumgehen lassen."

„Quatsch mit Soße! Schießt gefälligst ein paar Tore! Sonst gibt es ein Extratraining!"

„Nicht das noch, Trainer!"

* * *

Freitagabend bekommt Max Torlos Besuch.

„Ich habe uns mal eine Flasche Korn mitgebracht. Wir müssen reden!" sagt Erwin Scheffig, seines Zeichens Präsident des Fußballklubs Mümmelhausen. Schwer angeschlagen verabschiedet Max den Präsidenten weit nach Mitternacht. Eigentlich verträgt er nämlich keinen Schnaps. Als die Flasche fast leer war, ist Scheffig mit der Sprache herausgerückt.

„Wenn wir nicht bald ein paar Punkte, ich meine Pluspunkte, in der Tabelle sehen, suchen wir uns einen neuen Trainer. Aber du schaffst das schon, Prost!"

Total verkatert steht Max Torlos bereits vor dem Mittagessen auf dem Platz. Er braucht Ruhe, er benötigt frische Luft. Zwei große Flaschen Mineralwasser stehen bereit. Er hat Durst, wie eine mexikanische Bergziege, wenigstens wie eine Ziege aus dem Stall von Bauer Krawutte. Der hat neulich mal vergessen, das Vieh zu füttern, weil er den Stress mit seiner Alten ertrinken musste.

Der eine Satz von Scheffig geht Max einfach nicht aus dem Kopf. Es ist der einzige Spruch von gestern Abend, an den er sich erinnern kann. Ausgerechnet an diesen Satz! War der Rest nur dummes Geschwätz? Seit Stunden überlegt er, was er machen soll, damit es endlich wieder ein wenig aufwärtsgeht. Tore schießen? Das ist Sache der Spieler. Mehr trainieren? Das geht nicht. Die Jungs sind vom Job ausgepowert, sind echte Amateure. Außerdem hat er die strenge Order, den Platz zu schonen. Der könnte bei der miesen Rasenqualität gesperrt werden. Max überlegt, ob da überhaupt ein Grashalm wächst. Den müsste man vorsichtshalber einzäunen, sonst geht der auch noch ein.

„Oder sollte ich bei der nächsten Vorstandswahl für das Amt des Präsidenten kandidieren, gegen Scheffig antreten? Dann bin ich alle Sorgen los und Scheffig steht am Spielfeldrand und muss zusehen, wie die Jungs den Ball ins Tor kriegen. Selbst dazu ist der zu blöd, der kann doch nur schlaue Reden halten. Und wie würde der im Trainingsanzug aussehen! Der wird vom Schiedsrichter schon vor dem Anstoß vom Platz gestellt!"

* * *

Max Torlos sieht, wie Micha Flieger, sein erster und einziger Torwart lässig über das Spielfeld schlendert, genau auf ihn zuhält. Micha hat sich richtig schick gemacht. So hat Max Torlos ihn bisher nie gesehen.

„Hey, wie geht's?" begrüßen sie sich.

„Na ja, es gab schon bessere Zeiten. Wie siehst du denn aus? Hast du vor dem Spiel ein Date?"

„Ich kann doch nicht immer nur in den verlotterten Sportklamotten herumlaufen."

„Na na, so schlimm sehen die längst noch nicht aus."

„Baujahr 2011, sage ich nur. Wenn Emmi die nicht dauernd flicken würde, stände ich nackig auf dem Platz."

„Da hätten wir wenigstens ein paar Zuschauer", entgegnet Max Torlos grinsend. Doch das Grinsen vergeht im schlagartig. Sein Kopf brummt. Und Micha eröffnet ihm, dass er heute zum letzten Mal zwischen den Pfosten steht.

„Ab Montag arbeite ich oben in Niedersachsen. Meine Firma will das so. Da ist nichts mehr mit jede Woche trainieren und jedes Wochenende spielen."

„Und wer soll das Tor hüten, wenn du weg bist?"

„Bin ich der Trainer? Das ist dein Job!" Max überlegt.

„Fällt Micha aus, habe ich keinen Torwart. Aber ist das wirklich so schlimm?" Und dann sagt er:

„Wann hast du eigentlich zum letzten Mal einen Torschuss abgewehrt? Ich erinnere mich nur, dass du immer nur dumm geguckt hast, wenn einer auf deinen Kasten gezielt hat! Beim Elfmeter vor drei Wochen bist du sogar weggerannt."

„Ich hatte Dünnpfiff und habe es nicht mehr ausgehalten. Hätte ich auf den Platz, vielleicht auf den Elfmeterpunkt, scheißen sollen?"

„Hättest du vor dem Matsch nicht fünf Kugeln Eis verschlungen und dann noch zwei Liter Cola hintergekippt …"

„Es war doch so heiß! Da muss man viel trinken. Aber du scheinst mich ja nicht zu brauchen. Ich habe heute Nachmittag sowieso etwas Wichtiges vor. Machs gut Alter. Man sieht sich." Und weg ist Micha.

Max Torlos hat einen Plan. Er schwingt sich auf seinen altersschwach quietschenden Drahtesel und eiert in Richtung der Kreisstadt. So richtig wohlfühlt er sich mit dem Fahrrad auf der viel befahrenen Bundesstraße nicht.

„Wenn jetzt etwas passiert, bekomme ich wegen des Restalkohols bestimmt großen Ärger." Aber schon auf halber Strecke, dort wo die neue Autobahnauffahrt ist, biegt er zu der Pommesbude ab. Tatsächlich, er hat sich nicht verrechnet. Toni Hamburg sitzt auf einer Bank vor der Frittenbude. Vor ihm liegt eine übergroße Portion Pommes mit Majo. In der Hand hält er einen riesigen Pappbecher mit Cola.

„Hey, du siehst ja aus wie das pralle Leben!"

„Ist alles purer Stress! Hab drei Kilo abgenommen. Mein Chef verlangt Überstunden. Ich habe nicht einmal eine Mittagspause."

„Man sieht es. Du schaust wirklich aus, wie Haut und Knochen. Wie viel wiegst du eigentlich?"

„Willst du es in Pfund, Kilo, Zentner oder Tonnen wissen?"

„Zentner wäre okay."

„Knapp vier, klingt nicht viel - oder?"

„Passt schon. Hast du heute Nachmittag mal zwei Stündchen Zeit?"

„Brauchst 'nen Stürmer, ich meine einen, der auch mal ein Tor macht?"

„Nee, einen Torwart!"

„Ich und Torhüter?"

„Ja, du. Da ist die Hälfte vom Tor gedeckt, ohne dass du nur einen Muskel bewegst. Und wenn du dich auf den Gegner fallen lässt, so ganz zufällig natürlich, dann trauen die sich nicht mehr so nah an unser Tor ran." Der Deal ist perfekt. Toni winkt dem Wirt, das heißt:

„Noch eine Portion Pommes!"

Max Torlos radelt heimwärts. Ein Problem muss er noch in den Griff bekommen. Die Trikots hören bei Größe XXXL auf. Und das ist viel zu eng für Toni. Aber Emmi, die gute Seele des Vereins, richtet das. Sie verspricht, spätestens zehn Minuten vor Spielbeginn ein Dress zum Fußballplatz zu bringen.

„Wie machst du das bloß?", fragt Max noch. Und Emmi erklärt ihm, dass sie die Sachen von Micha und den zwei Kranken zu einem Trikot zusammennäht.

„Den Dress von Micha braucht ihr ja nun nicht mehr."

„Aber, wenn die Verletzten ... Die simulieren doch sowieso nur ... Vielleicht ..." Max Torlos ist unsicher. Emmi beruhigt ihn.

„Die schauspielern so perfekt, dass du dir keine Sorgen machen musst, dass sie in dieser Saison noch einmal auflaufen können. Ekki hat mit seiner Neuen totalen Stress und ist voll ausgelastet. Man munkelt, dass bald die Glocken läuten. Außerdem scheint da was zu wachsen. Manfred liebäugelt mit der Mannschaft vom Nachbarort und traut sich nur nicht, es dir zu beichten."

„Was du so alles weißt!", staunt Max.

Es ist später Mittwochnachmittag. Gleich beginnt das Match. Der Trainer instruiert seine Männer.

„Heute will ich Tore erleben! Heute gewinnen wir! Ich möchte niemanden sehen, der sich beim Zweikampf abhängen lässt. Denkt daran, wir haben in dieser Woche fast zwei Stunden lang trainiert. Ihr seid fit! Also, immer drauf aufs gegnerische Tor. Die sollen sich wundern. Die denken garantiert, der FC Mümmelhausen ist eine Schlafmützenfabrik. Da irren die sich gewaltig. Heute gewinnen wir! ..." Max redet sich in Rage. Da streift sein Blick den Stürmer, den der in der letzten Saison mal ein Tor gemacht hat. Er stutzt einen Moment.

„Sag mal, kriegst du ein Kind?" Erst einmal herrscht betretenes Schweigen im Walde.

„Meine Schwester hatte gestern Geburtstag", gibt der Stürmer kleinlaut zu.

„Davon kriegt man doch keine Kinder!" grölt es durch die Kabine.

„Nee, aber die hatte so leckere Sachen gebrutzelt! Da konnte ich nicht widerstehen! Und sie hat mir auch noch was eingepackt. Sie weiß, was ich am liebsten esse!"

„Man, da musst du dich eben mal zusammenreißen! Aber was machst du? Du lässt dich gehen und frisst wie ein Müllschlucker! Dabei wirst du dick und fett! Das nennst du Teamgeist!" Schon wieder läuft Max auf Hochtouren. Da meldet sich Fred. Ganz schüchtern wirft er ein, dass da noch jemand fehlt.

„Oder stellst du dich ins Tor?"

„Papperlapapp! Der Torwart kommt gleich."

„Die sacken uns heute ein. Die wollen es zweistellig. Habt ihr gehört, was die in ihrer Kabine gesungen haben? Und dann stehen sie auf Platz drei der Tabelle. Und wir bohren ein Loch ins Untergeschoss! Ohne Torsteher sind wir sofort erledigt."

„Hatten wir schon mal einen richtigen Keeper?", fragt der Stürmer.

„Wartet ab, der Torhüter kommt gleich. Ich habe einen Neuen verpflichtet. Einen, der wirklich die Torschüsse parieren kann, einen Profi!" sagt Max etwas stolz. Doch auch er macht sich Sorgen. In wenigen Minuten ist Anstoß. Weder Emmi noch Toni sind zu sehen.

„Los raus, wir müssen auf den Platz!", ordnet er fassungslos an. Er ahnt, was da heute auf die Mannschaft zukommt.

„Wo bleibt ihr denn?" empfängt sie Toni am Spielfeldrand in seinem übergroßen Trikot.

„Ich wollte mir die Treppenstufen runter in die Kabine sparen. Wird so noch genügend Stress!" Max begutachtet ihn mit kritischem Blick. Es spannt gewaltig über dem Bauch. Emmi steht daneben. Auch ihre Augen weichen nicht von Tonis Wanne. Die ist noch größer, als sie dachte. Hoffentlich platzen da keine Nähte. Dann steht Toni in Unterhosen da. Das sieht noch viel schlimmer aus. Es könnte in Richtung „Erregung öffentlichen Ärgernisses" gehen.

„Jungs, ihr seid heute prima gewesen! Ihr habt euch wirklich gesteigert. Wir haben nur fünf Tore kassiert. Toni, du bist engagiert. Nächste Woche bist du zwar wegen der Arschkarte gesperrt, aber da finde ich schon Jemanden, der das Tor irgendwie besetzt. Du warst Klasse! Wie du dich auf diesen langen Schisser geschmissen hast. Der war platt, wie 'ne Briefmarke. Der traut sich nicht noch einmal auf unseren Platz. Als der raus war, hatten die kaum 'ne Chance!"

„Nur drei Tore haben sie noch geschossen!" entgegnet der Stürmer.

„Das ist doch keine Kunst! Ein leeres Tor trifft sogar ein Blinder! Stellt euch vor, Toni wäre nicht vom Platz gestellt worden. Dann hätten wir gewinnen können. Die zwei Treffer aus der ersten halben Stunde hätten wir locker aufgeholt!"

„Da hättest du aber einen Torschützen einwechseln müssen. Da war ja nicht einmal jemand, der für Manuel gekommen ist, als der mit dem Kopf gegen den Torpfosten geknallt ist."

„Wenigstens war es das gegnerische Tor!" flüstert Fred und durch die Kabine tobt ein Lachen. Nur Max schaut ernst.

* * *

Am Abend steht Erwin Scheffig wieder vor der Tür. Diesmal hat er keine Flasche Korn in der Hand.

„Hast du gesehen, wie sich die Mannschaft gesteigert hat? Nur Fünf zu Null verloren. Beim nächsten, spätestens übernächsten Spiel wird es wenigstens ein Unentschieden!" begrüßt Max Torlos seinen Gast. Er hat ein ungutes Gefühl. Zehn Minuten später geht Erwin Scheffig wieder. Max hat ihm zum Abschied ironisch tröstend gesagt, dass sie auch mit einem neuen Trainer nicht absteigen werden. Schließlich sind sie schon am unteren Ende angekommen. Damit ist er nun endgültig und für alle Ewigkeit bei Scheffig unten durch, ins Nichts abgestiegen. Scheffig gibt ihm nicht einmal die Hand zum Abschied. Stattdessen erinnert er ihn an die ausstehenden Mitgliedsbeiträge für den FC.

„Zwei Jahre sind noch offen!" Das war hart. Max überlegt, ob er künftig mit den älteren Herrschaften im Kirchenchor singt, in der Trachtentanzgruppe unter Leitung der feschen, aber äußerst strengen, Helga tanzt oder lieber bei der freiwilligen Feuerwehr mitmacht. Das Angebot, zukünftig die Mädchenmannschaft zu betreuen, weil er so gut mit Menschen umgehen kann, hat er natürlich sofort abgelehnt. Das ist total unter seinem Niveau, so wie der ganze FC Mümmelhausen und der Präsident, dieser, äh wie hieß der doch? Egal, den will sowieso niemand kennen.

Höchstens als übergewichtiger Ersatztorwart wäre der noch eine Option!

„Wen will der als Trainer einsetzen? Beckenbauer, Beckmann, Beckstein, … Welchen Namen hat der genannt? Nie gehört, das muss ja ein totaler Anfänger sein, vielleicht einer von der Seniorenmannschaft!"

Zwei Spieltage später nimmt Scheffig seine Fußballmannschaft aus dem Wettbewerb heraus. Die wenigen verbliebenen Spieler sind in den Streik getreten.

„Ohne unseren Trainer Max Torlos macht das keinen Spaß mehr!", teilen sie dem Vereinsvorstand per SMS mit. Die Mädchen haben gegen den Tabellenzweiten Drei zu Eins gewonnen. Sie führen nun die Tabelle an und wollen in die nächste Liga aufsteigen. Als Max das am Schwarzen Brett liest, ist er sauer.

„Weiber!" schimpft er. Niemand hört es, zum Glück. „Die haben im Fußball nichts zu suchen. Man sieht ja, wo das hinführt!" Insgeheim ärgert er sich. Jetzt hätte er der Held sein können. „Und so viele hübsche Mädels …"

Das Geheimnis der Schnittlauch-Königin

Der Frühling ändert alles. Es ist nicht so, dass sich Lucie im Winterschlaf befunden hätte und nun aufgewacht wäre. Sie war immer hellwach.

Plötzlich, so als würde sie ein Blitz treffen, lässt ihr Freund sie sitzen. Ohne ein Wort zu sagen, ist er ausgezogen. Er hinterlässt keine Nachricht. Weder auf Anrufe, noch auf Mails, auf nichts reagiert er. Ruft sie ihn an, legt er sofort auf, falls er den Telefonanruf doch einmal annimmt, versehentlich sicher.

Es ist ein schwerer Gang. Es muss sein. Sie möchte Klarheit. Wenigstens Klarheit, ein zurück scheint unwahrscheinlich, schier unmöglich. Die letzten Tage waren furchtbar. Immer hat sie gegrübelt, konnte keinen klaren Gedanken fassen, hat kaum geschlafen, fühlte sich einfach nur schlecht, so richtig mies.

Lucie steht vor seiner Tür. Sie atmet tief durch, zählt in Gedanken bis drei.

„Jetzt!" Fast schüchtern klingelt sie. Sie lässt sich von seiner Mutter nicht abwimmeln. Nie hätte sie geglaubt, dass sie wie ein Vertreter den Fuß in die Tür stellen könnte. Es gibt kein rückwärts. Sie will sie es wissen, jetzt, nicht irgendwann oder vielleicht. Schließlich steht er ihr gegenüber. Sein Gesichtsausdruck ist nichtssagend, eher verbittert als freundlich. Statt wenigstens „Hallo!" zu sagen, knallt er ihr einen Satz an den Kopf und die Tür ins Schloss. Sie ist wieder klein, ganz klein, weicht zurück.

„Praktikantenküsse schmecken besser, Praktikantenküsse schmecken gut", trällert er in einer misslungenen Mischung aus Bariton und Bass. Seine Mimik ist nicht besser, als dieser Gesang. Wie zwei Fremde stehen sie sich gegenüber. Alles Gemeinsame ist Vergangenheit. Es ist aus, endgültig aus. Er will nichts erklären, gibt ihr keine Chance zur Entschuldigung, schließt ein Verzeihen aus. Warum ist er so hart, so gnadenlos? Das kennt sie nicht. Hat er andere Gründe? Ist es eine Flucht?

Dann ist sie allein im dunklen Treppenhaus.

„Wo ist nur dieser verdammte Lichtschalter? Früher leuchteten die!", stöhnt Lucie. Eine Mischung aus Verzweiflung, Ahnung und vielen unbeantworteten Fragen überkommt sie. Es ist also endgültig aus. Das steht fest. Tage später erfährt sie von ihrer Freundin Annegret, dass dieser Singsang eine Anspielung auf einen uralten Werbeslogan ist. Wenigstens weiß sie nun Bescheid. Sie ärgert sich mächtig. Irgendjemand muss gepetzt haben. Dabei ist es nun schon über ein halbes Jahr her, dass sie mit Manuel auf dem Sommerfest der Firma geknutscht hat. An diese Zärtlichkeit erinnert sie sich gerne.

„Schade, dass Manuels Praktikum zu Ende ist. Ich sollte ihn mal wieder anrufen. Hat er nicht demnächst Geburtstag?", überlegt Lucie.

Wer war es? Wer hat sie verraten? Und was bezweckt er? Oder sie? War es die Schulze-Mitterlich, die Chefsekretärin? Nein, das kann Lucie sich nicht vorstellen. Die hätte mehr zu verlieren. Mit der kommt Lucie seitdem so einigermaßen klar. Kollegiale Freundschaft sieht anders aus, aber sie respektieren sich, gehen freundlich miteinander um.

Und dieser Mr. York? Das ist unwahrscheinlich. Was für ein Interesse hätte der auch? Außerdem war er es, der mit der Chefsekretärin ein Techtelmechtel auf dem Kopierer hatte. Der wird garantiert die Klappe halten. Bleiben noch knapp zwei Dutzend Kolleginnen und Kollegen. Wer ist so gemein?

Es ist Montagfrüh und Lucie betritt fast als Erste das Büro. Kaum ist ihr PC gestartet, poppt eine Nachricht ihres Kalenders auf.

„Ach ja!", denkt sie, „Übermorgen fahre ich mit Mäxchen nach Köln. Schön! Zwei Tage Köln, das klingt gut." Sie freut sich. Sie hofft, durch Abwechslung vom Alltag auf andere Gedanken zu kommen. Hoffentlich klebt Mr. York nicht so an ihr. Der kommt auch nach Köln, fährt mit dem Auto. Lucie und Mäxchen nehmen den Zug. Mit diesem Mr. York, sie überlegt einen Moment lang, wie der richtig heißt, möchte sie den Abend in Köln nicht verbringen. Lucie fällt ein, dass sie die Rückfahrkarte noch ausdrucken muss. Für die Hinfahrt hat Mäxchen die Fahrkarte, da fahren sie gemeinsam. Aber Mäxchen fährt anschließend weiter zur Niederlassung in Düsseldorf.

In der Frühstückspause sitzen sie in der Küche zusammen. Eine Kollegin hatte Geburtstag. Zur Feier des Tages brachte sie eine Obsttorte mit und hat kurz vorher noch Schlagsahne geschlagen. Es ist eine lustige Runde. Der Chef ist mal wieder unterwegs, das hebt die Stimmung. Einige kauen erst an ihren mitgebrachten Wurstbroten. Lucie knabbert an den Stücken eines Kohlrabis. Es riecht auf einmal etwas scharf. Als mehrere Kolleginnen fast gleichzeitig hörbar einatmen, sagt Frau Schulze-Mitterlich:

„Ihr seid ja nur neidisch! Ich habe gestern in meinem Garten eine große Ladung Schnittlauch geerntet und mir ein Schälchen Schnittlauchbutter bereitet. Lecker!"

„Selberessen macht dick!", entgegnet Olaf. Der hat es nötig! Aus dem kann man Zwei machen, die nicht an Untergewicht leiden.

„Ausgerechnet du musst das sagen!", raunt die Gruppe.

„Ich spendiere dir morgen eine Portion Magerquark mit viel Schnittlauch!", verspricht die Chefsekretärin und Olaf verzieht das Gesicht.

„Hast wohl eine Großproduktion aufgezogen?"

„Ja, das könnte man sagen. Mein Mann nennt mich seine ,Schnittlauchqueen'. Das Zeug wächst bei mir wie Unkraut."

„In unserem Garten machen die Schnecken alles nieder. Die sind resistent gegen jede Art von Schneckengift. Ich glaube, das sind echte Kampfschnecken. Der Salat sieht aus, wie das pure Elend!" Eine Kollegin, die auf dem Land ein Häuschen hat, empfiehlt Laufenten, die kann man hinterher sogar noch essen. Aber auf schneckengemästete Bratente hat niemand Appetit. Olaf hält sich sicherheitshalber zurück.

„Und du verwechselst das Schnittlauchbeet nicht mit dem Rasen vor der Terrasse?"

„Nein, da besteht keine Gefahr! Also denkt dran: Morgen ist Schnittlauchtag! Olaf, du lässt bitte dein Stullenpaket zu Hause! Ich bringe alles Nötige mit!"

„Och! Hackt doch nicht immer auf meinen Kilos herum. Ich kann nichts dafür, dass ich etwas kräftiger gebaut bin. Habe es vom Vater geerbt, es sind die Chromosomen! Verteilt lieber mal die Torte!"

Zwei Tage später sitzen Lucie und Mäxchen im Zug nach Köln. Der Zug fährt so schnell, dass er nur gut eine Stunde für die Strecke benötigt. Aber die Abfahrt verzögert sich um knapp eine halbe Stunde. Eine Weichenstörung wäre die Ursache der Verzögerung, wird durchgesagt. Und die Klimaanlage – welche Klimaanlage? Wenn man zumindest die Fenster öffnen könnte.

„Na prima, den ganzen Gewinn an Reisezeit machen sie durch die Weichen kaputt. Die sind einfach nicht hart genug!", schimpft Lucie. Aber wenigstens haben sie jetzt ein Gesprächsthema und schweigen sich nicht mehr an, obwohl sie müde sind.

Die planmäßige Zwischenstation bleibt nicht der einzige Halt. Außerplanmäßig warten sie noch einmal zwanzig Minuten wegen einer Langsamfahrstelle auf der Strecke vor einer Baustelle.

„Auf freier Strecke stehen, ist aber kein Langsamfahren", mault Lucie. Mit einer Stunde Verspätung kommen sie schließlich in Köln an. Per Taxi fahren sie weiter. Das Seminar hat bereits begonnen. Sie haben kaum etwas versäumt. Die Teilnehmer stellen sich gerade gegenseitig vor. Vorn in der ersten Reihe sind Plätze frei. Lucie mag es hinten lieber - nur die Bahn ist schuld daran!

„Wo ist Mr. York?", flüstert Lucie Mäxchen ins Ohr. Der zuckt mit den Achseln und gähnt. Lucie blättert in den Unterlagen und überlegt, ob sie hier etwas lernen könnte. Zum Glück stehen ein paar kleine Getränkeflaschen auf dem Tisch. Und die erste Kaffeepause ist in fünfzehn Minuten.

„Warum öffnet niemand das Fenster?", denkt sie, „Die Luft ist dick, wie Sirup!" Sie steht auf und versucht Frischluft einzulassen. Aber wegen dieser modernen Klimaanlage lassen sich die Fenster nicht öffnen. Jemand stellt am Wandpanel die Anlage um. Der Erfolg ist bescheiden. Man erwägt, den Hausservice anzurufen. Der hat Sprechzeiten und ist gerade nicht erreichbar. Es gibt eine Notrufnummer. Ist das ein Notfall?

In der Mittagspause, eine dünne Suppe und belegte Brötchen werden gereicht, steht Mr. York plötzlich an ihren Stehtisch.

„Habt ihr noch ein Plätzchen für mich und mein Süppchen?", fragt er. Bevor er berichten kann, weshalb er erst jetzt eintrifft, muss er etwas essen. Ein einziges Wort erklärt alles:

„Hunger!" Er scheint nicht einmal gefrühstückt zu haben. Er erzählt:

„Ja, ich bin ein wenig spät losgefahren. Das ist kein Problem, dann fahre ich eben schneller. Bei gut zweihundert hat mich die Radkappe eines alten Fiats erwischt, voll auf die Motorhaube, anschließend gegen die Frontscheibe und danach noch auf den nächsten hinter mir. Der hat dann den Fiat touchiert. War alles nur Blechschaden - zum Glück."

„Und Glasschaden?", fragt Lucie.

„Ja, meine Windschutzscheibe ist hin. Und an diesem Italiener gibt es nichts, was nicht verbogen oder gesplittert ist. Außer dem Fahrer, bei dem ist nur die Birne hin!"

„Kopfverletzung?"

„Ja, ziemliche Macke! Der ist heulend um seine Rostlaube herumgehüpft."

„Und wie bist du jetzt hierhergekommen?"

„Mietwagen, ich kann doch nicht laufen! Es war ein komisches Gefühl, an der Spitze eines fünf Kilometer langen Staus zu stehen, kann ich euch sagen!"

„Warum rast du auch so!", wirft Lucie ein.

„Darauf habe ich gewartet. Hatte längst damit gerechnet, dass du so etwas sagst. Wäre ich einen Hauch schneller gefahren, dann hätte es mich ebenfalls nicht erwischt. Aber auf solch eine Möglichkeit kommt eine Frau natürlich nicht", entgegnet er leicht gereizt.

„Vielleicht ist das genetisch bedingt, liegt schon in den Chromosomen?", sagt Lucie lachend. Sie wundert sich, dass es bei solcher Geschwindigkeit nur Beulen im Blech gegeben hat. Bestimmt übertreibt der wieder mächtig. Das ist doch typisch für diesen Mr. York!

„Fährt sein Benz überhaupt so schnell?"

Nach dem Mittagessen sind alle erst einmal müde. Die Luft im Raum ist abgestanden. Lucie kann sich nicht konzentrieren. Zur Abwechslung rennt sie zweimal aufs Klo. Nur Mr. York steht unter Volldampf.

„Klar, der muss sich jetzt in Szene setzen. Hier kennt ihn noch niemand, diesen Supermann. Solange der spricht, kann ich mich ausruhen", denkt Lucie. Sie malt Strichmännchen auf ihren Schreibblock. Darin hat sie Übung, ist ein richtig künstlerisches Talent. Lucie rechnet nicht mit der Gemeinheit dieses Kerls.

„... Du gibst mir doch Recht, Lucie!", bekommt sie gerade noch mit. Ihr verstörtes

„Ja", reicht ihm allerdings nicht. Sie hasst dieses Miststück und ergänzt:

„Ich war gerade etwas unkonzentriert. Sag bitte noch einmal, was du wissen möchtest." Er winkt nur verächtlich ab. Lucie ist sauer.

„Na warte, wenn du das nächste Mal einer das Höschen ausziehst, verrate ich das Allen!", denkt sie und weiß natürlich, dass der sich garantiert nicht ein zweites Mal erwischen lässt.

Am Abend gehen die drei ihrer eigenen Wege. Lucie schlendert durch die Einkaufsmeile. Eigentlich sucht sie nichts Bestimmtes, außer vielleicht ein paar Schuhe, ein modisches Top, eine Handtasche, passend zur neuen Jacke, ein Geschenk zu Mutters Geburtstag, ... Die wärmere Jahreszeit lässt einige Wünsche in ihr sprießen. Noch sind es kleine Pflänzchen, aber Lucie kennt sich. Hat sie den Spross entdeckt, muss er gehegt und gepflegt werden. Bei ihr heißt das, alle einschlägigen Geschäfte aufsuchen und nach Beute Ausschau halten. Sie hat sich ein Grundprinzip zugelegt. Das lautet:

„Kaufe nie im erstbesten Laden!" Ihr Freund, dieser Mistkerl, der sie nur wegen dieser ewig zurückliegenden, klitzekleinen, völlig unbedeutenden Affäre verlassen hat, war immer mächtig genervt. Er musste vor zehn Schuhläden auf sie warten und nie ist sie mit einem Paar neuer Treter heraus gekommen, jedenfalls nicht vor dem elften Laden.

„Der müsste an eine geraten, die unter Shopping-Zwang leidet! Dann kann er erst richtig ermessen, wie gut er es mit mir hatte!" Ein wenig Schadenfreude tut gut.

Am Abend trifft sie sich mit Mäxchen im Hotelrestaurant. Der Kollege hat die Zeit im Dom und mit einem Spaziergang am Rhein verbracht.

„Wie langweilig", denkt Lucie. Allerdings wollte sie sich immer schon mal den Dom anschauen. Die Fensterscheiben sollen irgendwie etwas Besonderes sein, von so einem neumodischen Künstler! So ein alter Laden und moderne Fenster, passt das überhaupt? Sie fragt Mäxchen und kann seine Begeisterung kaum verstehen. Wenn sie das nächste Mal in Köln ist, dann … Oder beim übernächsten Mal. Sie bestellen eine Flasche Wein und suchen Essen aus. Das Gespräch kommt langsam in Gang. Spätabends verabschieden sie sich.

Zwei Tage später geht Lucie wieder ins Büro. Freitag, der letzte Arbeitstag in der Woche, kann nicht so schlimm werden. Plötzlich steht Frau Schulze-

Mitterlich an ihrem Platz. Sie hat wohl abgepasst, dass Lucie alleine ist. Verschwörerisch schließt sie die Tür hinter sich, was hier selten vorkommt.

„Wie geht es deinem Freund?", fragt sie geradeheraus, während sie sich rittlings auf den Gästestuhl setzt.

„Die war es!", ist der erste Gedanke, der Lucie durch den Kopf schießt. Sie kämpft mit den Tränen, beschließt, abzuwarten. Frau Schulze-Mitterlich merkt sofort, dass Lucie nicht sprechen kann.

„Sag nichts. Ich sehe schon, dass ihr ein Problem habt … Lass das Wasser ruhig raus, Kind." Der Aufforderung hätte es nicht mehr bedurft. Lucie sucht umständlich ein Papiertaschentuch, schnäuzt mehrfach und laut. Aber „Kind" sagen, wäre nicht nötig gewesen.

„Ich bin vor drei oder vier Wochen zufällig Ohrenzeugin eines Gesprächs geworden. Ich habe dem erst keinerlei Bedeutung beigemessen. Doch jetzt scheinen sich meine Vermutungen zu bestätigen."

„Was war es denn für ein Gespräch?", wispert Lucie.

„Der Neue aus dem Verkauf scheint mächtig verknallt in Dich zu sein. Hast du ja auch gemerkt. Schön, wie er bei dir abgeblitzt ist, als er dich neulich andauernd irgendwohin einladen wollte. Mir ist der ebenfalls ziemlich suspekt. Ich glaube, der übersteht die Einarbeitungszeit nicht. Hat erst einen Abschluss gemacht, nur weil Mr. York ihm den Kunden aus Mitleid zugespielt hat. Jedenfalls hat er Max über dich ausgefragt."

„Und was hat Mäxchen erzählt?"

„Nichts Besonderes. Nur, was hier alle sowieso schon wissen. Dass du einen Freund hast, der bei der Energieversorgung arbeitet und zum Rudern in den

Verein an der Eisenbahnbrücke geht. Und wie der heißt. Das war es im Prinzip schon: Also nichts Außergewöhnliches, was Max gesagt hat. Ich fand es auch nicht schlimm, dass der nach dir gefragt hat. War alles recht unverdächtig. Zumindest wenn man bedenkt, dass der in dich verschossen ist." Dann berichtet die Kollegin, dass der Neue sie kürzlich fragte, ob es stimmt, dass Lucie beim Sommerfest mit dem Praktikanten rumgemacht hätte.

„Der hat tatsächlich ‚rumgemacht' gesagt. Ich habe ihm nur gesagt, dass ihr etwas vertraut getanzt hättet. Das weiß ja jeder hier. Er meinte dann, dass ihr geknutscht hättet. Wieso fragt der mich, wenn er es weiß? … Und gestern erzählte er, dass er nun auch in dem Ruderklub wäre. Das ist ihm wohl irgendwie rausgerutscht. Jedenfalls habe ich gleich gemerkt, dass er mir das eigentlich nicht sagen wollte."

„Du meinst, der Typ hat verraten, wie ich mit Manuel getanzt habe?"

„Ist möglich. Vielleicht hofft er, dass er nun mehr Chancen bei dir hat."

„Oh je, der ist ja gemeingefährlich! Vielen Dank, dass du mir das alles erzählst."

2 Alles Chefsache: Alois

Alois ist Chef, der kleine Chef. Zwischen ihm und dem großen Chef sitzt Frau Müssigbrodt, die Chefsekretärin. Das Verhältnis der beiden ist, vorsichtig ausgedrückt, etwas angespannt.

Es ist eine heimliche, allseits bekannte Feindschaft, ein nie erklärter Krieg, ein liebliches, hinterhältiges Grinsen beim Messerwetzen, ein verborgenes Gemetzel. Meistens endet es mit der Selbstverstümmelung des unverstandenen Helden. Und die Müssigbrodt genießt es. Alle schauen schweigend zu.

Alois delegiert gerne. Nur manchmal vergisst er das. Der Stapel unerledigter Aufträge wächst schnell. Dann räumt er auf, wirft Altes weg, sucht es wieder hervor und macht Sonderschichten. Unterdessen verzweifelt er an der Welt.

Mit seiner Familie hat er es nicht leicht. Dabei ist er doch so ein guter Ehemann, ein herzallerliebster Vater zweier Kinder!

Solche Geschichten, wie die von Alois, kennt jeder. Irgendwo in der Umgebung lungert solch ein Kerl herum. Ignorieren geht leider nicht. Stattdessen muss man kämpfen, pfiffig sein, dessen Schwächen ausnutzen, ihn zur Verzweiflung treiben.

Kopfkino   57

Von einer Praktikantin, einem Alphatier, dem Messerwetzen und der Selbstverstümmelung, Hochgeschwindigkeitströpfchen, einem schüchternen Reh, einer Dampframme, Schneewittchen und dem Wolf, von Terminproblemen, Mordgelüsten und dem Kerker

Kopfkino

Es ist ein fast göttliches Bild, das sich vor Alois aufbaut. Normalerweise könnte er den Blick nicht lösen. Doch es gibt Momente, da kommt stattdessen Wut in ihm hoch.

Endlich war das übliche „Hallo!" und „Wie war's?" und „Gut siehst du aus!" überstanden. Als er vor knapp anderthalb Jahren nach dem Urlaub im Büro auftauchte, sah er sie ganz schüchtern, hinten in der Ecke, an dem kleinen Beistelltisch, sitzen. Sie blickt ihn mit großen Augen an und wünscht leise einen „Guten Morgen." Frau Müssigbrodt, „Müssigbrodt" mit zwei „s" und „dt" am Ende, die Chefsekretärin, wollte sie gerade vorstellen. Alois winkt nur ab. So als wolle er sagen,

„Was interessiert mich dieses Kind? Ich bin hier zum Arbeiten!" Er macht sich keine Gedanken. Er macht sich selten Gedanken um Andere. Er ist schließlich der Chef hier, der kleine Chef, der Abteilungsleiter und das Alphatier - denkt er. Er kommt gleich nach dem großen Chef und Frau Müssigbrodt, dem echten Alphatier.

Ständig ärgert er sich, dass die Chefsekretärin ihm sagt, was zu tun ist. Sich von einer Frau etwas sagen lassen müssen, ist hart – hart für Alois. Und eine Dame mit solch einem furchtbaren Namen – Müssigbrodt – ist unerträglich. Diesen Namen konnte er sich ewig nicht merken, den hat er dauernd falsch ausgesprochen. Auch heute noch verstümmelt er ihn absichtlich, wenn sie ihn ärgert. In Gedanken nennt er sie „Das Brötchen". Einmal ist es ihm einfach so rausgerutscht, mitten im Meeting. Wie immer war er mit den Gedanken ganz woanders. Im Unterbewussten hört er seinen Namen und beginnt zu reden. Reden ohne etwas zu sagen, das kann er. Nur diesmal flutscht dieser verdammte Spitzname mit raus. Er stockt erschrocken. Drei Sekunden lang herrschte Schweigen, das größte Schweigen, welches das Universum je erlebte. Dann kam ein Hüsteln von dieser Dame. Das war schlimmer, als hätte sie ihm eine Ohrfeige versetzt. Erst zwei Tage später fiel ihm ein, sich zu entschuldigen. Sie hat das nur akzeptiert, wenn er das genauso öffentlich sagt, wie das „Brötchen". Es war wie Spießrutenlaufen, nur grauenvoller. Alle haben sich mächtig amüsiert, alle außer Alois.

Die beiden geraten öfter mal aneinander.

„Das Brötchen ist schuld!", steht für Alois fest. Alois glaubt, dass sie das immer absichtlich macht. Auch wenn sie nur Überbringerin der Anweisungen vom Alten, dem großen Chef ist, fuchst ihn das mächtig. Und die Müssigbrodt merkt das! Sie ist die Einzige, mit der er per Sie ist und das wird sich nie ändern.

Alois sucht seit Langem die nächste Stufe der Leiter, seiner Karriereleiter zu erklimmen. Solange diese Dame hier irgendetwas zu melden hat, wird er auf seinem Stuhl versauern. Da kann er strampeln, wie er will. Das weiß er. Es ist eine heimliche, allseits bekannte Feindschaft, ein nie erklärter Krieg, ein liebliches, hinterhältiges Grinsen beim Messerwetzen, ein verborgenes Gemetzel. Meistens endet es mit der Selbstverstümmelung des unverstandenen Helden, von Alois. Und die Müssigbrodt genießt es, wie alle hier.

Weit nach der Frühstückspause, er hat seinen Urlaubsbericht endlich und mehrfach abgeliefert, beginnt Alois, die meterlange Liste der Mails zu inspizieren.

„Wenigstens erst einmal sichten, den Schrott löschen und schauen, ob etwas Wichtiges gekommen ist, vielleicht ein Joke von Manne." Manne ist sein Kumpel aus dem Schrebergartenverein. Der ist immer zu einem Spaß aufgelegt, egal wo der hinzielt, gerne weit unterhalb der Gürtellinie.

„Am Donnerstag trinken wir ein ordentliches Bier im Vereinslokal!", nimmt sich Alois vor. Er weiß, dass Freitag dann ein harter Tag für ihn sein wird.

Da klopft sie schüchtern an seine offenstehende Bürotür. Sie traut sich nicht, einzutreten. Sie pocht noch einmal mit ihren schmalen Fingern an den Rahmen der Tür. Diesmal ein wenig, ein klein wenig lauter. Sie kennt die Gepflogenheiten nicht. Hier wird nicht geklopft, hier erscheint man. Deshalb nimmt Alois keine Notiz von ihr, ignoriert sie. Wer nicht an seinem Schreibtisch steht, fast darauf sitzt, ist nicht da! Wer reinkommt, redet einfach drauflos, egal was der andere gerade tut, ob er nachdenkt, telefoniert oder pennt. Der große Chef darf das, andere ausnahmsweise einmal, wenn Wichtiges anliegt, wenn Alois gute Laune hat. Sonst werden sie ignoriert und warten, bis es dem Herrn genehm ist und beginnen die Worte von vorn. Frau Müssigbrodt erscheint nie, sie ruft an und Alois pocht zaghaft und mit hängenden Mundwinkeln an ihrer Pforte.

Außerdem, wer ist die denn eigentlich? Unter zwei Zentner Lebendgewicht nimmt er fast niemanden ernst. Höchstens den Alten und die Müssigbrodt. Die Dame mit dem abscheulichen Namen eher widerwillig. Dieses Kindchen bringt kaum die Hälfte der Norm auf die Waage! Die könnte sich doch wenigstens mal vorstellen!

Nach dem dritten Klopfen schaut er mürrisch auf. Noch unwirscher brabbelt er:

„Na, was gibt es denn?" Ein tief versteckter, beinahe väterlicher Unterton ist auszumachen. Es ist der erste Arbeitstag nach seinem dreiwöchigen Urlaub. Trotzdem hat er gute Laune. Er wurde von vielen wegen seiner tollen Ferien beneidet. So etwas baut auf, auch wenn er das Wetter etwas schöngeredet hat und die Mängel des Hotelzimmers nicht erwähnte. Die Delle an der Beifahrertür, die er sich beim Einparken holte, weil er viel zu hektisch in die riesige Parklücke fuhr, verschweigt er auch. Drei Tage lang hat Angelika, seine Frau, deswegen nicht mit ihm geredet. Dabei war sie schuld! Sie musste mal wieder ganz dringend.

„Guten Tag, Herr Ströverig. Bitte entschuldigen Sie die kurze Störung. Ich möchte mich nur vorstellen. Ich bin Mareike Müller, mache seit letzter Woche ein dreimonatiges Praktikum in ihrer Agentur." Alois fühlt sich gestört. Und nun redet ihn diese Neue auch noch mit ‚Sie' an. Das ist hier seit Jahrzehnten nicht mehr vorgekommen. Das darf nur die Müssigbrodt! Nein! Für die ist es Pflicht, zu der braucht er Abstand, je weiter, desto besser. Wenigstens hat die Kleine eine angenehme Stimme. Alois schaut nun doch richtig auf. Sie beginnt, ihn irgendwie zu interessieren.

„Oi! Da hat mal endlich jemand Geschmack bewiesen bei der Personalauswahl!" Er kann sich gerade noch beherrschen, diesen Satz nicht auszusprechen. Ein hübsches Blüschen hat sie an, überlegt Alois. Jedenfalls: Der Ausschnitt hat Potenzial, könnte eine Etage weiter …

„Andererseits, ein paar Jährchen auf der Weide würden ihr bestimmt guttun.", findet Alois.

Bevor er einen Gruß sagen kann, muss er niesen, lautstark niesen. Er niest immer besonders laut. Das ist er seiner Stellung hier im Team schuldig. Prompt verschluckt er sich an dem Kaugummi. Alois hat stets einen Kaugummi im Mund, den ganzen Tag lang denselben. Wenn es knapp wird, kaut er den vom Vortag weiter. Der Batzen fliegt in hohem Bogen aus seinem Mund, begleitet von etlichen Hochgeschwindigkeitströpfchen. Das Geschoss verfehlt Mareike gerade so. Die erschrickt heftig, wischt sich mit dem Blusenärmel vorsichtshalber übers Gesicht. Dummerweise beißt sich Alois auf die Zunge. Die beginnt augenblicklich anzuschwellen. Von den Schmerzen wird Alois fast schwarz vor Augen. So etwas Blödes ist ihm noch nie passiert. Und diese Praktikantin schaut zu!

„Mach endlich die Tür zu! Es zieht, merkst Du das nicht? Soll ich mir die Schwindsucht holen?" Er beginnt den Satz heftig, endet beinahe in einem Röcheln. Es scheint, als würden das seine letzten Worte sein, für immer die letzten. Wütend steht er auf, knallt das sperrangelweit offenstehende Fenster zu. Während er den Fensterriegel schließt, schimpft er leise:

„Tussi! Typisch Tussi!" Einerseits möchte er nicht, dass dies irgendjemand mitbekommt, vor allem nicht die Sekretärin. Andererseits ist er auf dieses junge Gemüse so wütend, dass es ihm egal ist, was die von ihm denkt.

„Ist ja nur eine Praktikantin, die uns die Zeit stiehlt! In ein paar Wochen ist die wieder weg!" Aber Mareike ist längst zurück an ihren Arbeitsplatz gegangen. So richtig ist sie nicht beleidigt, obwohl sie dazu Grund hätte. Trotzdem kämpft sie mit den Tränen.

Diesen Umgangston hatte sie nicht erwartet. Frau Müssigbrodt warnte sie rechtzeitig.

„Ein Macho ist ein schüchternes Reh gegen den. Bestimmt freut der sich auf ein neues Opfer, wenn er dich sieht! Sei vorsichtig! Zur Not hast du ja mich!"

In diesem Moment sind zwei Dinge klar. Die beiden werden keine Freunde und Alois braucht dringend einen frischen Kaugummi, möglichst einen, der die Schmerzen betäubt.

Alois verlässt das Büro. Er hat noch keinen Hunger, das wird sich ändern und mit Schmerzen sowie mit der übelsten Sorte schlechter Laune kann er erst recht nicht arbeiten.

Unter diesen widrigen Umständen beginnt er die Mittagspause ein knappes Stündchen eher. Vorher geht er kurz in die Kaffeeküche und hält den Mund unter den Wasserhahn. Er hofft, dass ihm das kalte Wasser seine Schmerzen nimmt, wenigstens etwas. Stattdessen läuft das Brühe über sein Hemd. Da er gerade eben, er brauchte Trost und eine Nervenstärkung, eine halbe Tafel Schokolade verschlang, ist das Malheur nicht nur als Wasserspur erkennbar.

„Scheiße!", brüllt er laut. Auch wenn es hier im Bürotrakt nicht zu überhören ist, reagiert niemand. Man kennt ihn. Man genießt sein Leiden in aller Stille.

„Weiber!", schimpft er deutlich ruhiger und macht sich auf den Weg.

* * *

Auf alles ist Alois gefasst. Mit der Müssigbrodt hat er schließlich einschlägige Erfahrungen. Die Dame, auf die er jetzt wartet, scheint vom selben Kaliber zu sein. In Gedanken sieht er ein Walross, eine Frau, eins achtzig mindestens, eine Dampframme, die auf ihn zukommt, dabei alles niedermacht, was ihrem Weg zu nahe kommt. Knappe zwei Millimeter vor ihm wird sie zum Stillstand kommen. Gegen ihn hat niemand eine Chance. Alois schüttelt sich innerlich.

„So schlimm ist es bestimmt nicht. Der Auftrag ist doch fast in Sack und Tüten, es können nur noch Kleinigkeiten sein."

Alois wundert sich, dass er nun mit dieser Dame verhandeln soll. Der Alte hatte von einem Dr. Knesebrüll gesprochen, einem etwas exzentrischem Kerl. Einen, den man mit ein paar kleinen Gefälligkeiten oder netten Sprüchen um den Finger wickeln kann. Es wäre im Prinzip alles geritzt, im Prinzip. Ein paar Prozent Preisnachlass, geschickt im Gespräch ange-deutet und der Deal ist perfekt. Tennisspieler wäre dieser Knesebrüll. Das Thema ist der Schlüssel zum Erfolg, meinte der Alte. Alois hat bis gestern Mittag im Internet sämtliche einschlägigen Informationen zum Tennisspielen verschlungen. Er ist jetzt Experte! Theoretisch ist er Tennisweltmeister. Der Becker war ein Waisenknabe gegen ihn. Und diese Graf erst ein-mal. Wieso dürfen Frauen eigentlich Tennis spielen? Das ist doch viel zu anstrengend. Frauen dürfen heute einfach alles. Irgendetwas ist faul an diesem System!

Und nun diese Dame, von der er nur eine vage Vor-stellung hat, die eher einem Albtraum gleicht. Im letz-ten Telefonat hatte sie angedeutet, dass noch Redebe-darf - inhaltlich - besteht.

„Das kann doch nicht wahr sein! Die spinnt!",
denkt Alois.

Jede Minute schaut er auf die Uhr. Sonst lässt ihn solch eine Situation kalt. Heute ist es irgendwie anders. Die Müssigbrodt hatte ihm mit einem süffisanten Lächeln „Viel Spaß!" gewünscht.

Alois kommt es vor, als ob die Zeit rückwärts, wenigstens extrem langsam läuft. Eine kurze Telefonkonferenz wäre dazwischengekommen. Die Sekretärin hat ihn im Foyer auf einen Sessel bugsiert und eine Tasse Kaffee hingestellt.

„Haben sie bitte einen Augenblick Geduld, Herr Ströverig. Der Vorstand braucht den Rat von Frau Müller. Übermorgen tagt doch der Aufsichtsrat …"

Mit dem Aufsichtsrat will sich Alois natürlich nicht anlegen, auch wenn ihn die Chefetage von dieser Bude hier überhaupt nicht interessiert. Genauso wenig interessiert er sich für die glänzenden Firmenbroschüren in dem Plexiglasständer links neben der Sitzgruppe. Warum hat er sich keine Tageszeitung besorgt oder wenigstens den „Kicker"? Selbst bei seinem Frisör liegen immer diese bunten Blätter herum. Hinterher weiß er, was in den Königshäusern so läuft oder auch nicht läuft.

„Müller, heißt die! Hätte sich mal einen ordentlichen Namen zulegen sollen. Vielleicht so etwas wie seinen: „Ströverig". Der ist einmalig, den muss er immer buchstabieren und der wird trotzdem dauernd falsch geschrieben. Sind eben alle ein wenig dusselig! Oder ‚Müßig…', nein!" Alois denkt den Gedanken nicht zu Ende. Nein, solch einen Namen wünscht er keiner. Wer so heißt, ist von Natur aus gestraft.

Alois geht im Geiste noch einmal die wichtigsten Vertragspunkte durch. Eigentlich, meint er, kann da nichts zu beanstanden sein. Na gut, die Projektbeschreibung ist etwas vage. Und die Termine passen nicht genau zueinander. Aber das ist doch sonst immer durchgegangen. Was will die nur! Wie heißt die,

„Müller"? Das muss schief gehen! Alleine dieser Name. Pessimismus streift Alois einen Augenblick.

Dann, nach dem letzten Schluck Kaffee, hat er seine Sicherheit wiedergefunden. Gestern ist er zum stellvertretenden Schriftführer im Schrebergartenverein gewählt worden. Wenigstens dort hat man seine Fähigkeiten erkannt!

Alois sitzt nun schon eine gute halbe Stunde hier. Die Sekretärin brachte ihm gerade die zweite Tasse Kaffee und ein Glas Wasser.

„Dauert noch einen Moment. Frau Müller ist gleich für sie da. Sie können gerne zugreifen!" Die Dame deutet auf die Obstschale, die hier steht. Ein Schnitzel, ein großes Schnitzel natürlich, wäre ihm lieber. Aber ein Apfel tut es im Notfall auch. Jetzt ist ein Notfall, beschließt Alois und greift nach der Frucht mit der besonders auffälligen roten Wange.

„Wie bei Schneewittchen und dem Wolf!", denkt er, „Erst ködert mich die Sekretärin mit dem Apfel, dann kommt diese Frau Müller wie ein gefräßiger Wolf auf mich zu. Aber die hat gegen mich keine Chance!" Die Müssigbrodt steht bestimmt im Büro, im Vorzimmer vom Alten. In der Schranktür hat sie doch diesen ovalen Spiegel hängen. Während sie den Lippenstift schwingt, wie hundertmal jeden Tag, befragt sie ihren Spiegel:

„Spieglein, Spieglein hier im Schrank! Wer ist die Schönste im ganzen Land?"

Und der Spiegel antwortet:

„Gertrude, Ihr seid natürlich die Schönste weit und breit! Aber Alois, …"

Alois schreckt aus seinem Traum hoch. Eine junge Frau, keine Dampframme, steht vor ihm, reicht ihm die Hand und begrüßt ihn freundlich lachend, noch bevor er reagieren kann. Artig entschuldigt sie sich wegen der unvorhergesehenen Wartezeit. Alois erhebt sich betont langsam und ist froh, dass die Warterei ein Ende hat. Kein Nilpferd, kein Walross, kein Wolf steht vor ihm. Es ist eine junge Frau, eine hübsche noch dazu.

„Wow! Hat die eine Figur! Die kommt bestimmt direkt von der Schönheitsfarm!"

Nein, das kann nicht sein. In seiner Branche gibt es so etwas nicht! Da sind echte Kerle oder Walrösser angesagt.

„Das ist die Müller? … Verdammt, woher kenne ich die?" Es stellt sich heraus, dass sie die neue Mitarbeiterin von Dr. Knesebrüll ist. „Persönliche Referentin" und „Junior Projektmanagerin" steht auf der Visitenkarte. Alois hat keine Karten eingesteckt. Sie hat da ein paar Ungereimtheiten in den Unterlagen gefunden. Die müssten sie noch klären. Sie geht voran und lotst ihn in ihr Büro. Sein Blick klebt an ihrem Hinterteil und schwingt im selben Takt.

„Wow, was für ein Fahrgestell! Und die Aufhängung …!"

„Wow, was für ein Arbeitszimmer!", denkt Alois eifersüchtig und lässt sich in den Sessel fallen. Frau Müller beginnt ohne Umschweife und fasst schließlich zusammen:

„Hoffentlich kommen sie jetzt mit ihrer Kalkulation noch hin. Sonst müssten wir auf ein anderes Angebot zurückgreifen. Wo wir doch schon so viele Projekte gemeinsam gestemmt haben. Allerdings!", sie macht eine betont lange Pause, „Allerdings habe ich in den Unterlagen keines gefunden, dass wenigstens halbwegs im Zeit- und Kostenrahmen geblieben ist. Besser ist es, wir klären das vorab, als uns hinterher zu streiten! Das sehen Sie doch auch so!"

Was soll Alois da sagen? Sie hat ja recht - im Prinzip. Nur wieso kommt sie ausgerechnet jetzt auf solche Gedanken. Sonst haben die immer im Nachhinein mit sich reden lassen, wenn es teurer wurde. Und wegen der paar Wochen, na gut, letztens war es ein Dreivierteljahr, muss man doch nicht so kleinlich sein. Es wissen alle, dass die Angebote mit der heißen Nadel gestrickt sind! Die Konkurrenz ist nicht besser!

„Das riecht nach Stress!", denkt Alois, „So eine blöde Kanaille!" Irgendwie fühlt er sich hilflos, hilflos diesem jungen Ding ausgeliefert.

„Wie geht es Gertrude? Ich muss sie unbedingt mal wieder anrufen! Richten sie ihr bitte einen ganz lieben Gruß von mir aus!"

Alois merkt, wie in seinem Innern etwas wächst. Es ist die Erkenntnis, dass diese Dame ihm schon einmal über den Weg gelaufen ist. Es ist Wut, es ist ein Engegefühl in der Brust, es ist … Er fühlt sich elend, darf es sich jetzt nur nicht anmerken lassen.

Und er hat seinen Kaugummi, auf dem er seit zwei Tagen herumkaut, verschluckt. Ausgerechnet jetzt! Er bekommt einen Moment lang keine Luft, der rutscht nicht, der klemmt im Hals.

„Jetzt nur nicht husten müssen!", denkt er. Schweiß steht auf seiner Stirn. Merkt sie etwas? Endlich gleitet das verdammte Biest nach unten, langsam und im Zickzackkurs. Alois weiß, dass er von einem Kautschukbatzen nicht sterben wird. Es ist nicht der erste Kaugummi, den er verschluckt. Wenn er wenigstens Ersatz hätte!

Diese Dame, dieses verdammte Lächeln, … Mordgelüste kreisen in seinem Kopf. Die Hände krampfen.

Der Vertrag ist ihm plötzlich gleichgültig. Er kämpft. Wird er jetzt schwach, steht sein Foto - großformatig - morgen auf der Titelseite sämtlicher Tageszeitungen. Und alle lesen den Namen „Alois Ströverig" in riesigen Lettern. Zufrieden, in Siegerpose, grinst die Müssigbrodt bei der Urteilsverkündung.

Nein! Dieses Bild würde den Kerker jahrzehntelang tapezieren. An jeder, noch so bekritzelten Wand würde er es sehen. Mit dieser Dame teilt er die Zelle nicht! Die schwerste halbe Stunde seines Lebens steht im bevor.

Er fühlt sich klein, als er mit der Aktentasche unterm Arm das Haus verlässt. Er hat versprochen, das Angebot bis zum Freitag zu überarbeiten. Wie er das schaffen soll, steht in den Sternen. Wieso macht er dieser Dame, „Müller, Mareike Müller" heißt die, auch solche Versprechungen?

„Okay, äußerlich … Aber fachlich …!" Immerhin ist er seit zwanzig Jahren im Geschäft.

Die Prüfung

Schlimm, wenn Mitarbeiter den Chef mobben. Alois ist ein Mann, ein echter Kerl. Der schlägt zurück, wehrt alle Angriffe ab, wie den Pingpongball - gnadenlos! Wie hält man überhaupt beim Tischtennis die Kelle?

Alois erscheint mit einer halben Stunde Verspätung. Pünktlichkeit wäre für ihn, für seine Stellung, unangemessen. Man soll ihn vermissen, sorgenvoll „Wo bleibt er denn?", fragen und denken „Hat er schon wieder so viel zu tun? Der wird sich noch einmal totschindern!"

Doch auf dem alljährlichen Sommerfest der Firma denkt niemand an Alois. Im Gegenteil, es ist die schönste halbe Stunde des Abends. Die Kolleginnen legen keinen Wert auf solch einen arroganten Macho, den Herren ist dieser launische Angeber suspekt und die Chefetage nimmt ihn sowieso nicht ernst. Also schenkt ihm keine Menschenseele Aufmerksamkeit, als er endlich eintrifft. Alle stehen an runden Tischen, haben einen gut beladenen Teller vor sich, kauen, plaudern, lachen zwischendurch und trinken hin und wieder einen Schluck von dem köstlichen Wein. Der Alte hat ihn spendiert, aus den Tiefen seines Kellers hervorgezaubert. Es herrscht eine ausgelassene Stimmung.

„Na gut!", denkt Alois ein wenig eingeschnappt, „Dann gehe ich erst einmal an das Buffet." Das ist kein schlechter Gedanke, denn der Duft warmen Essens, wundervoller Köstlichkeiten erfüllt den kleinen parkartigen Platz hinter dem Bürogebäude. Auf einem Grill liegen Unmengen an Gebrutzeltem. Für jeden ist etwas dabei, selbst eiserne Vegetarier würden nicht verhungern.

„Ach, der Herr Ströverig ist auch da! Der Chef meinte schon, sie wollen ihre Mitarbeiter alleine lassen. Na ja, die Frau Krüger hat sie gut vertreten." Alois ist sauer. Muss diese Schnepfe die Erste sein, die ihm über den Weg läuft, die ihn anquatscht. Muss die ausgerechnet in dem Moment, als er sich einen Teller vom Stapel nimmt, hier aufkreuzen? Das ist doch pure Absicht! Die Müssigbrodt, gerade die! Die ist die Letzte, mit der er heute Abend sprechen möchte. Und wer kann ihn schon würdig vertreten!

„Hatte zu tun", gibt er wortkarg zurück.

„Ja, das verstehe ich. Das Angebot für die ‚Müller AG' ist erst vierzehn Tagen überfällig. Schön, dann können wir das ja morgen endlich rausschicken, wenn es der Chef unterschreibt. Hoffentlich kommt es überhaupt noch in die nähere Auswahl!" Das ist genau das, was Alois nun wirklich nicht hören möchte. Diese Ausschreibung verdrängt er seit Wochen, nimmt sich täglich vor, sie in Angriff zu nehmen. Unangenehme Arbeiten schiebt er gerne mal auf die lange Bank oder delegiert sie. Letzteres geht in diesem Fall leider nicht. Und, dass der Chef eines seiner Angebote beim ersten Anlauf unterschrieben hätte, …

„Nun greifen sie endlich zu! Wer so viel arbeitet wie sie, darf am Buffet auch kräftig zulangen!" Das ist genau das, was Alois vorhat. Doch die Einladung dieser Dame ist überflüssig, würde auf den Appetit schlagen, wäre Alois nicht so hungrig. Großzügig schaufelt er von den Köstlichkeiten auf seinen Teller, schielt zwischendurch zum Tablett mit den Desserts. Salat nimmt er nur, weil man das so macht, er sonst womöglich als verfressen gelten würde. Dann greift er noch zu einem Glas mit Weißwein und sucht einen Platz.

„Kommen sie zu uns!", lädt die Chefsekretärin, Frau Müssigbrodt, Alois ein. Alois wundert sich mächtig, ausgerechnet von ihr eingeladen zu werden. Aber freie Plätze scheinen knapp zu sein. Er hat keine andere Wahl und hier rückt man für ihn ein wenig zusammen.

„Irgendetwas ist faul!", denkt Alois. Er will erst einmal abwarten, die Lage sondieren. Die Müssigbrodt steht mit seiner Vertreterin, Frau Krüger, einer jungen Kollegin aus dem Einkauf und dem Lehrling an einem Tisch. Innerlich verdreht Alois die Augen.

„Gute Aussichten sind das!", stöhnt er und beginnt zu spachteln. Er überlegt, wie er es hinbekommen könnte, zum Cheftisch zu wechseln. Aber der ist voll belegt. Und einfach hier wegzugehen, wäre nicht nur peinlich, sondern auch sehr unhöflich. Alois beschließt, erst einmal seinen Hunger zu stillen, alles andere wird sich ergeben.

Frau Müssigbrodt schaut ihm die ganze Zeit beim Essen zu. Alois wird unsicher, denkt, er mache irgendetwas falsch. Hat er sich doch zu viel von dem Braten aufgetan? Hätte er stattdessen mehr Salat nehmen sollen? Oder hat er sich bereits bei den ersten Bissen bekleckert? Sollte er langsamer essen?

Alois weiß, dass sie genau diesen Moment, genau den, als er ein großes Stück Fleisch in den Mund schiebt, abgewartet hat.

„Haben sie ihrem Azubi schon gratuliert?"

Alois kann es gerade noch abwenden, sich zu verschlucken. Aber der Kaugummi, den er im Mund an die Seite geschoben hatte, ist futsch, verschluckt. Es gibt Schlimmeres, das weiß er aus Erfahrung. Heute hat er Ersatz eingesteckt. Nun ist er froh, durch den mehr als gefüllten Mund, Zeit gewonnen zu haben.

Krampfhaft grübelt er, wozu er dem Azubi gratulieren könnte. Er kaut bewusst langsam. Geburtstag scheint für ihn schließlich die Lösung zu sein.

„Allerdings, …, der hat doch neulich erst … Also Geburtstag ist es nicht. Das steht fest. Was bleibt da noch? Hochzeit, wenigstens Verlobung? Der Kerl ist jung, Azubi eben. Wie alt ist so ein Auszubildender überhaupt? Führerschein, nee, den hat er, …" Alois ist ratlos und versucht unverfänglich loszulegen. Seine Gnadenfrist ist vorüber. Er schluckt den letzten Rest hinunter. Jetzt erwartet man etwas von ihm.

„Nein, ich bin heute noch nicht dazu gekommen, ihm zu gratulieren. Tut mir leid! Sie wissen ja, wie viel im Moment los ist. Also lieber Manuel!" Alois holt tief Luft.

„Ganz herzliche Glückwünsche von mir. Ich wünsche Ihnen alles Gute. Vor allem!", Alois redet ihn plötzlich mit Sie an, schließlich ist er dessen Chef und macht eine bedeutungsvolle Kunstpause, „Vor allem drücke ich ihnen für den erfolgreichen Abschluss ihrer Ausbildung die Daumen. Ich bin mir fast sicher, dass sie dann auch übernommen werden. Mich würde das riesig freuen. Sie wissen ja, dass wir Fachleute in unserer Abteilung dringend brauchen." Ein dicker Felsen fällt Alois vom Herzen. Er ist stolz, dass er das so gut hinbekommen hat. Eigentlich ist so etwas für ihn kein Problem. Er hat ja mal einen Rhetorikkurs bei der Volkshochschule besucht. Die Müssigbrodt wird sich ärgern. Er überlegt, ob er dem Lehrling die Hand reichen soll, lässt es dann bleiben. Der ist schließlich der Azubi und er braucht noch Steigerungsmöglichkeiten.

Außerdem hätte die Krüger ihn ja mal vorwarnen können, dass heute irgendein Jubiläum ansteht!

„Wissen sie überhaupt, wozu sie gerade gratuliert haben?", fragt Frau Müssigbrodt mit schnippischem Unterton. Untertöne verschiedenster Art sind ihre Spezialität. Die anderen grinsen, bis auf Manuel. Der hat einen furchtbar roten Kopf, ihm scheint es peinlich zu sein. Zum Glück hat sich Alois schnell noch etwas in den Mund geschoben. Er ahnt, dass diese Dame wie ein gefräßiger Greifvogel, wie ein Geier über ihm kreist und nur darauf wartet, sich auf ihn stürzen zu können. Vorsichtshalber macht er ein Gesicht, das alle Optionen offenlässt.

„Ich will es verraten. Sie konnten ja gestern bei der kleinen Feier, na ja, es war mehr ein Stehempfang vom Chef persönlich, nicht mit dabei sein. Ist ja wichtig, dass das Auto wegen der Bremsen in die Werkstatt muss. Manuel hat am gestrigen Tag das Ergebnis der letzten theoretischen Prüfung erfahren. Das war erste Sahne! Und der Chef hat ihm einen Arbeitsvertrag zu Unterschrift hingelegt. Ja, ab August ist Manuel unser neuer Mitarbeiter, Fachkraft meine ich natürlich. Der Kollege Rabenstein freut sich über die Verstärkung in seinem Team! Und eine Prämie hat er auch bekommen, bei solch einem grandiosen Abschuss!" Wow, das hat gesessen. Die Blamage wegen der verschusselten Gratulation wäre ja gerade noch verkraftbar. Alois weiß, dass er eigentlich jeden Geburtstag der Kollegen verpennt. Aber dass dieser Azubi demnächst in der Nachbarabteilung arbeitet, ist ein regelrechter Schock für ihn. Er fragt sich schon lange, weshalb die so wachsen. Drei Neue wurden da in den letzten Monaten eingestellt. Und nun auch noch der Lehrling. Bei ihm passiert dagegen nichts. Höchstens, dass Marianne in Kürze in Rente geht. Na gut, auf die verzichtet er gerne. Die hängt doch andauernd mit der Müssigbrodt zusammen.

„Du hättest mir ja mal einen Tipp geben können, Claudia", sagt er vorwurfsvoll zu seiner Vertreterin.

„Ich war heute dreimal bei Dir. Das hast du wohl schon vergessen. Zumindest versuchte ich, ein paar Dinge mit Dir zu besprechen. Du warst aber so beschäftigt, …" Da hat sie Recht. Er hat sie immer abblitzen lassen, wollte seine Ruhe haben.

„Ich musste zwei Details für die ‚Müller AG' klären. Du weißt, wie dringend das war", redet er sich heraus.

„Komm gleich morgen früh zu mir, sagen wir kurz nach zehn, muss vorher noch zum Zahnklempner - Jahresinspektion."

„Täte Ihrem Auto auch mal gut!", wirft die Müssigbrodt lachend ein.

„Der Zahnklempner?", Alois tut so, als sei er begriffsstutzig, meint, das lenkt jetzt vom Thema ab. Er ist ein Meister darin, unangenehmen Gesprächen eine Wendung zu geben.

„Egal, Hauptsache Jahresinspektion!", ergänzt die Chefsekretärin, „Lassen sie sich Zeit beim Zahnarzt. Sie müssen nicht hetzen. Zumindest nicht wegen der Müller-Ausschreibung. Der Chef hat das Angebot kurz vor Feierabend unterschrieben, ich habe es gleich hin gefaxt."

„Blöde Ziege!", denkt Alois. Erst lästert sie, weil das Angebot noch auf seinem Schreibtisch lungert, dann ist es längst raus. Überhaupt, wie konnte Claudia, die ist schließlich nur die Vertreterin von ihm, kaum dreißig, ein völlig unerfahrenes Ding, das Angebot fertigstellen? Die hat doch keinen Funken Ahnung!

Alois ärgert sich. Er ärgert sich über alle, über Claudia, die ihm wenigstens einen Zettel hätte rüberschieben können, über den Rabenstein, den Azubi und diese Müssigbrodt sowieso. Die ist die Strippenzieherin, die weiß alles, die fädelt alles ein und immer gegen ihn! Stets heimlich und dann hat sie die große Klappe. Nur ihre Freundinnen wissen Bescheid, jederzeit!

Endlich kann Alois in Ruhe essen. Die Frauen sind mit sich beschäftigt. Ausführlich behandeln sie das Thema „Schuhe". Da sind sie absolute Expertinnen. Wenn Alois eines nicht leiden kann, ist es dieses Gequatsche über Treter. Noch schlimmer, seine Frau beim Einkaufen begleiten zu müssen. Zeitraubende Abstecher in alle Schuhläden der Stadt inklusive. Im Moment ist ihm solch ein langweiliges Gesprächsthema lieber als jedes andere auf der Welt. Doch überraschend schnell ist die Materie dann abgewickelt. Eine Kollegin bringt ihm zwei Schälchen mit Dessert.

„Womit habe ich das denn verdient?" Die Frage stellt er rhetorisch in den Raum und erwartet Bewunderung.

„Wer so hart arbeitet, wie sie, braucht doppelte Stärkung." Diese Spitze kann sich die Müssigbrodt nicht verkneifen. Doch bevor Alois sich Sorge machen muss, weiteren Spott abzubekommen, ist das Thema „Abnehmen" angesagt. Die beiden Schälchen mit dem Dessert sind eine gute Vorlage.

„Ich kann tun, was ich will, die Pfunde bleiben, wo sie sind, hecken, wie die Karnickel. Aber ich tröste mich. Von einem gewissen Alter an nimmt man nicht mehr ab."

„Du musst dir ja wirklich keine Sorgen machen, Gertrude! Ich renne dauernd durch die Gegend und hoffe, dass die Kilos purzeln. Stattdessen bin ich letzte Woche in den Matsch gesegelt! Meine gelbe Sporthose sah vielleicht aus. Dabei hatte ich die gerade erst gekauft." Wie die in einer gelben Jogginghose aussieht, möchte sich Alois lieber nicht vorstellen. Seine Fantasie schlägt Purzelbäume. Ein breites Grinsen ziert sein Gesicht, wenigstens so lange, bis er den strengen Blick der Chefsekretärin spürt.

Trotzdem strahlt Alois innerlich. Er erzählt, dass er neulich bei diesem Stadtlauf sogar eine Medaille gewonnen hat.

„Elfter in meiner Altersklasse!"

„Und wie viele nahmen teil?"

„Mehrere tausend, über alle Altersstufen gerechnet. Ich habe sie nicht gezählt."

„Ja, da mussten wir auch mitrennen", wirft der Lehrling ein, „Die Berufsschule kennt keine Gnade. Das Laufen war ja nicht so schlimm, aber die Massen. Das hat wirklich keinen Spaß gemacht. Dauernd torkelte mir ein anderer älterer Typ vor den Beinen herum. Solch eine Medaille bekamen alle, die mitgerannt sind, so ein billiges Ding aus buntem Email und Band zum Umhängen. Ich hab's meiner kleinen Nichte geschenkt, die liebt knallbunten Tand", berichtet Manuel. Alois sagt jetzt lieber nichts. Sonst kommen die noch auf die Idee, ihn zu bitten, das Dingens mitzubringen und sich umzuhängen. Er war so stolz auf die Medaille.

Plötzlich steht der Alte mit am Tisch. Die Hand legt er gönnerhaft auf der Schulter seiner Sekretärin. Alois ist schlagartig um mindestens zehn Zentimeter gewachsen. Aufmerksamkeitsheischend schaut er den

Chef an. Der sagt ein paar nette Worte zur Müssigbrodt und lobt sie als seine wichtigste Stütze. Er
wünscht ihr einen schönen Abend und verkündet zu
ihr gewandt:

„Wir stoßen nachher noch an. Ich habe uns einen
ganz besonderen Tropfen zur Seite gestellt." Dann
geht er. Alois schrumpft enttäuscht wieder auf Nor-
malgröße.

Im Laufe der Zeit ändert sich die Zusammenset-
zung der Gesprächsrunden. Schließlich sitzen alle an
den Tischen auf der Terrasse. Der Wein schmeckt gut,
die Stimmung ist hervorragend. Alois steigt auf Bier
um. Wein trinkt er nur, wenn er es seiner Stellung,
seinem Ruf schuldig ist. Im Hintergrund läuft Musik
und die Damen schwärmen von ihrer Tanzstunde. Die
Müssigbrodt muss wirklich einen Wahnsinnsmann als
Tanzpartner gehabt haben. Über etliche Tische hinweg erzählt sie, wie toll der Tango tanzen konnte.
Alois kann sich nicht vorstellen, wie die tanzt.

„Mehr als so ein albernes Discogehopse bringt die
doch nicht zustande", ist sich Alois sicher, „Und wer
führt die schon zum Steppen aus!" Aber da hat er sich
mächtig geirrt. Ihr Lebenskamerad scheint regelmäßig
mit ihr zum Tanz zu gehen.

„Lebensgefährte? Die Müssigbrodt hat einen Lebensgefährten? Das kann nicht wahr sein! Wer nimmt
diese frigide Schachtel freiwillig in den Arm?" Alois
möchte das gar nicht glauben. Braucht erst einmal
einen kräftigen Schluck Bier. Für die Frauen scheint
das nichts Neues zu sein. Man munkelt, fast schon das
Läuten der Hochzeitsglocken zu hören.

„Geduld Mädels!", tönt Gertrude, „Vielleicht im
nächsten Jahr, im März."

„Wer heiratet denn im mitten im Winter, ich meine, wenn es nicht sein muss? Oder planst du so, dass es dann sein muss?" Die Frauen kriegen sich nicht mehr ein vor Lachen.

„Nein, nein! Das hat einen viel romantischeren Grund!", verrät Gertrude. Alois ist schockiert.

„Die Müssigbroth spricht von Romantik! Das passt zusammen, wie ein Dutzend rohe Eier und hundert Presslufthämmer!" Diese Vorstellung ist für ihn einfach grotesk! Das muss ja ein komischer Kerl sein, der sich mit der einlässt. Beinahe hätte er den Rest verpasst. Die Müssigbrodt verrät, dass der erste Blumengruß von ihrem Lebensgefährten ein Gesteck mit wundervollen gelben und blauen Krokussen war. Und nun wünscht sie sich einen Hochzeitsstrauß mit vielen Frühjahrsblühern. Da muss sie eben im März heiraten! Die Damen sind begeistert, können sich kaum beruhigen. Freuen sich schon heute mächtig, wollen ein riesiges Fest veranstalten, mit der ganzen Firma. Alois findet das ziemlich beknackt.

„Ein Strauß roter Rosen tut es doch auch!", denkt er, „Meine Madam hat sich darüber jedenfalls gefreut. Mit Rosen kann man nichts falsch machen. Jede zweite Woche ein Gebinde abliefern und alles ist paletti!"

So langsam, für Alois war es viel zu schleppend, hat er sich dem Tisch vom Chef nähern können. Immer, wenn irgendjemand in Chefnähe aufstand, vielleicht zum Klo marschierte, hat er dessen Platz okkupiert, um den nächsten Sprung vorzubereiten. Jetzt sitzt er dort, wo er hingehört, bei den kleinen und dem großen Chef. Die Mitarbeiter amüsieren sich auf der Terrasse. Die Stimmung scheint recht gut zu sein. Hier, in dieser Runde, hockt man etwas abseits vom gemeinen Volk, ein wenig steif, darauf achtend, dass die Krawatte sitzt. So richtig wohl fühlt sich Alois allerdings nicht. Doch als Abteilungsleiter gehört er einfach hierher!

Der Eine erzählt von einer Segeltörn im Mittelmeer. Alois war im Urlaub nur an der Nordsee auf Norderney. Ein anderer schimpft darüber, dass sein Aktiendepot gerade schlecht läuft. Da kann Alois nicht mitreden. Die Zinsen auf seine Spareinlagen sind alles andere als üppig, haben eine fette Null vor dem Komma. Der Dritte findet das neue Cabrio einfach Klasse, überlegt, ob er es bestellen soll. Der Nächste kontert mit Alpha Romeo. Und dann dieser Porsche vom Chef! Einer versucht, den anderen zu übertreffen. Es ist wie das Schattenspiel von aufgeblasenen Elefanten. Jeden Moment könnte es knallen. Der altersschwache Opel von Alois passt nicht in die Runde. Alois überlegt, ob die wirklich solche Superkisten kutschieren.

„Okay, der Chef fährt 'nen Porsche, das steht fest. Aber die anderen geben nur an. Vielleicht haben sie tatsächlich mal eine Probefahrt gemacht, mehr garantiert nicht." Sicher gondeln die mit normalen Autos durch die Gegend. Ein bisschen größer als seins, vor allem fahren die nicht mit solch einer alten Kiste! Alois fühlt sich unwohl in dieser Runde. Aber besser, als mit der Müssigbrodt am Tisch zu sitzen, ist es allemal. Nur dass der Chef jetzt am Tisch mit der Müssigbroth sitzt und mit ihr seit einer halben Stunde quatscht und andauernd anstößt, wurmt ihn mächtig. Sollte er auch mal zu seinen Mitarbeitern gehen? Dann ist der Platz am Cheftisch garantiert belegt.

Als Rabenstein erzählt, dass er im Theater war, zu einem Rilke-Abend, herrscht erst einmal Stille. Da kommt die Chance für Alois.

„Ich war letztens mit meiner Frau in der Oper: ‚Zauberflöte' von, äh … von Puccini", ergänzt er so nebenbei mit triumphierendem Unterton, so als wolle er sagen:

„Gedichte aufsagen ist unter meinem Niveau, das habe ich zum letzten Mal in der Grundschule gemacht."

„Mozart", sagt Rabenstein leise.

Es wird spät. Alois hat etliche Glas Bier intus und zwei Glas Wein. Er spürt, wie das Laufen schwerfällt. Mit dem Auto fahren, ginge jetzt nicht. Aber das kann er sowieso erst morgen aus der Werkstatt abholen. Das wird teuer! Auf der Heimfahrt in der Straßenbahn wird Alois bewusst, dass er nach Knoblauch riecht, recht stark. Das Essen, diese kleinen Teilchen vor allem, die später, als Rausschmeißer sozusagen, noch gebracht wurden, waren gut gewürzt. Morgen früh muss er zeitig aufstehen. Seine Zahnärztin wird sich freuen, wenn er den Mund öffnet.

„Die soll froh sein, nicht Hämorridendoktor studiert zu haben!"

„Madam stört der Knoblauchgestank nicht, die schläft sowieso im Wohnzimmer auf der Couch." Wenn er Bier getrunken hat, würde er schnarchen, sagt sie. Hoffentlich vergisst sie nicht, ihn pünktlich zu wecken!

Komme gleich

Dieser Job erinnert an die Alpen oder den Himalaja.

Die Berge auf dem Schreibtisch von Alois wachsen und wachsen. Von Erosion ist wenig zu spüren. Wenn der Alte ein Machtwort spricht, das kommt in letzter Zeit häufiger vor, brechen einige Gipfel weg. Meistens sind es die bejahrten Akten, Unterlagen, die bereits lange warten.

Es gibt ein Geheimnis, eines, das Alois mit niemandem teilt. Es heißt „Zeit" Einmal im Monat macht er Tabula rasa, räumt auf, wirft Altes weg. Das hat sich von selbst erledigt.

„Habe ich nicht erhalten!", „Ist wohl auf dem Dienstweg abhandengekommen!" oder einfach „Weiß ich nicht!", sind die gängigen Ausreden, wenn doch mal etwas vermisst wird. Meistens geht die Frist dann von vorne los. Manches dreht drei Runden, bevor Alois es mit verkniffenem Gesicht erledigt.

Mit diesem Trick kommt er bei Gertrude Müssigbrodt nicht durch. Die liebt Listen. Da notiert sie alles, was der Chef anfordert, alles, was von Alois erwartet wird. Sie kennt Alois inzwischen gut. Trotzdem ist er für sie ein Buch mit sieben Siegeln, mindestens.

„Aber, der ist durchschaubar!" Und ein Exemplar ihrer Zusammenstellung sendet sie im Wochenabstand an Alois Ströverig. Kommt eine Nachricht mit dem Betreff „Überfällig!!!", dann weiß Alois, dass die Luft brennt. Daraufhin macht er Überstunden bis nach den Abendnachrichten, bringt die fertiggestellten Unterlagen am nächsten Morgen persönlich zum Chef, sagt:

„Hab ich noch schnell erledigt!" Der Alte gibt sie seiner Sekretärin zur Kontrolle und schließlich landen sie wieder bei Alois.

„Lesen sie die Ausschreibung, bevor sie dem Chef ein solches Pamphlet hinlegen", sagt sie am Telefon und Alois trabt auf der Stelle in ihr Büro, um die Akten wieder abzuholen. Die Müssigbrodt bringt nichts vorbei. Da muss er selbst antanzen und das ist vor allem eines, nämlich peinlich.

Alois und die Müssigbrodt, das ist wie Frühling und Herbst, wie Ostern und Weihnachten, wie Sonnenschein und Schneesturm gleichzeitig. Dummerweise zieht Alois immer die Niete. Die Zwei sind wie Hund und Katz, können sich nicht ausstehen. Normalerweise ist dieser Abteilungsleiter der Chefsekretärin ziemlich gleichgültig, solange er macht, was er soll. Er soll tun, was sie will. Sie will, was der Chef anordnet. Alois dagegen sieht rot, wie ein wilder Stier in der Arena, sobald ihr Name, ihre Aura, ihr Anruf, ihre Nachricht seinen Horizont überschreitet. Wütend scharrt er mit den Hufen, den verletzenden Dolchstoß erwartend.

Heute musste er wieder bei der Müssigbroth antanzen. Den Stapel Akten gab sie ihm mit einem Kopfnicken zurück. Das

„Der Chef braucht es vorgestern!", klingt schlimmer, als hätte sie den ursprünglichen Fälligkeitstermin genannt, obwohl der mehrere Wochen alt ist. Immer dann, wenn es ihm am Allerwenigsten passt, rennt er zur Müssigbrodt! Die hat dafür ein Näschen! Und nun brütet Alois über den Unterlagen.

Heute wollte Alois ein Stündchen früher nach Hause. Nun sitzt er schon zwei Stunden länger und versucht die Angebote zu überarbeiten. Es ist kaum noch jemand im Büro, sodass er alle Nachfragen bei seinen Mitarbeitern auf den morgigen Tag verschieben muss. Morgen ist es genau genommen zu spät. Heute auch.

Diese Ausschreibung liegt erst ein paar Wochen herum. Sie war von dem Stapel regelrecht verschluckt worden. Dafür kann Alois nun wirklich nichts.

Wenn die Müssigbrodt tatsächlich mal an seinem Büro vorbeikommt, sagt sie nicht

„Guten Morgen, Herr Ströverig!" Sie verzieht das Gesicht und stöhnt unüberhörbar in seine Richtung:

„Aufräumen täte mal Not!" oder „Finden sie sich in dieser Unordnung noch zurecht?" oder „Ich geh mal weiter, hier stirbt jede Kreativität!" Die Steigerung ist ihr vernehmliches Hüsteln. Natürlich könnte er die Bürotür schließen. Das macht jedoch niemand und der Spott der Kollegen wäre ihm sicher.

„Weichei!", käme als harmlose Bezeichnung für ihn herüber.

Das Telefon klingelt:

„Wer will denn jetzt noch etwas von mir!" Es ist schon kurz nach fünf. Alois lässt den Quälgeist fünfmal klingeln. Dann nimmt er den Hörer ab. Aus den Augenwinkeln erkennt er am Display, dass seine Madam, wie er sie nennt, anruft. Ihm schwant Schlimmes.

„Wo bleibst du? Du hattest versprochen, um fünf zu Hause zu sein! Wir wollen doch ins Einkaufszentrum fahren, wegen des Geburtstagsgeschenks für Oma und dann können wir im Möbelhaus nebenan auch mal nach einem neuen Tisch fürs Wohnzimmer gucken!" Vom Wohnzimmertisch war gestern Abend nicht die Rede. Das ist jetzt typisch für Madam!

„Ja, Liebling, ich komme gleich. In fünf, spätestens zehn Minuten fahre ich los." Alois legt auf. Er beschließt, noch ein Weilchen zu arbeiten. Der Aktenstapel muss schmelzen. Auf der Ringstraße ist sowieso täglich Stau. Der taugt als Ausrede.

Alois atmet durch, gießt sich den abgestandenen Rest aus der Thermoskanne in die Kaffeetasse, schaut in die Akte und grübelt. Wenigstens kommt jetzt keiner mehr und stört beim Arbeiten. Schon wieder klingelt sein Telefon.

„Komm mal rüber Alois! Ich habe da ein neues Projekt, über das wir sprechen müssen. Der Termin drängt allerdings. Vielleicht kannst du dir das ja heute noch anschauen", sagt der Alte.

„Ja, ich bin gleich da."

Wenn der Chef ruft, gibt es keine Alternativen. Alois sucht einen Schreibblock. Der Kugelschreiber liegt auf dem Schreibtisch unter einem Stapel Papiere. Als er ihn endlich in der Hand hält, schon fast den Raum verlassen hat, kehrt er um. Ihm ist eingefallen, dass die Miene leer ist, er kramt in seinem Schreibtischfach, fahndet nach einem anderen Stift. Da klingelt das Telefon erneut.

Die Müssigbrodt ruft an. Genau, wie der Chef stellt sie sich nicht vor, redet einfach los, kaum dass Alois den Hörer abgenommen hat:

„Wo bleibt die Beurteilung der Praktikantin? Die will sich bewerben und wartet drauf. Termin war vor sechs Wochen! Gestern wollten Sie endlich liefern, hoch und heilig versprochen! Bitte, ich mach mich doch lächerlich, wenn ich ihr immer sagen muss, dass sie noch ein wenig Geduld braucht. In fünf Minuten gehe ich. Vorher will ich sie in die Unterschriftenmappe für den Chef legen, dann kann er die morgen früh gleich unterschreiben."

„Ja, die Beurteilung kommt gleich, habe sie vorhin fertiggemacht." Die Müssigbrodt hat längst aufgelegt. Alois kramt die Zettel auf dem Schreibtisch durch.

„Wo ist das Ding nur?", beschwert er sich. Schließlich beschließt er, die Datei noch einmal auszudrucken. Er sucht sie im Computer. Das ist bei seiner Ordnung genauso aussichtslos, wie die Suche auf der Arbeitsplatte. Nein, jetzt nicht, der Chef wartet.

Das Handy klingelt. Manne ruft an. Na gut, der Alte kann einen Moment warten.

„Wo bleibst du? Beeil dich, wir wollten doch zum Fußballspiel, heute ist Mittwoch! Ich dachte, du bist längst zu Hause, aber deine Madam sagt, du hängst noch in der Firma rum! Was ist das eigentlich für ein komischer Laden? Ich denke du bist Abteilungsleiter und hast Leute, welche die Arbeit für dich machen! Beeil dich! Am besten, du kreuzt direkt bei mir auf. Deine Alte brabbelte irgendwas von Einkaufen."

„Ja, ja, Manne! Ich komme gleich. Ich mache mich in fünf Minuten auf den Weg. Du, ich muss auflegen, muss noch mal fix zum Chef." Wieder sucht Alois die Unterlagen.

Da klingelt das Handy ein zweites Mal.

„Was will denn Manne jetzt noch?" Doch es ist seine Tochter, die ihn anruft.

„Papa! Fährst du mich zur Ballettstunde? Ich steh schon hier unten, im Foyer von deiner Arbeit. Du hast es mir gestern versprochen! Beeil dich, bin spät dran! Um Halbsechs geht es los!"

„Ja, Schatz, gleich! Bin in fünf Minuten bei dir", entgegnet Alois. Früher haben die Mädchen Puppen gekämmt. Heute funktioniert nichts ohne väterlichen Taxiservice: Ballettstunde, Malkurs und alle zwei Wochen zum Reitunterricht. Wenigstens ist ihr Bruder pflegeleicht, geht auf den Fußballplatz um die Ecke. Alois findet solch ein albernes Gehopse in rosaroten Kleidchen abscheulich. Er grübelt, wie dieses Dress heißt, kommt nicht auf dessen Bezeichnung und ärgert sich gleich noch mehr. Da fällt ihm ein, dass der Chef wartet.

„Ich kann ja hinterher wieder ins Büro fahren", beschließt er. Wo hat er heute früh nur den Autoschlüssel hingelegt. Jeden Tag liegt der woanders!

Während er über die Freizeitbeschäftigung der Tochter nachdenkt, klingelt sein Telefon:

„Bestimmt der Chef!", denkt Alois und nimmt schnell ab. Es kommt schlimmer. Es ist die Lehrerin von Sohnemann:

„Herr Ströverig!", beginnt ihr grußloser Redeschwall, „Ihr Sohn hat in dieser Woche dreimal die Hausaufgaben vergessen und das Sportzeug fehlte ebenfalls und das Lesebuch. In sein Biologieheft hat er nackte Frauen gemalt. Nackte Frauen! Der Junge ist Dreizehn! Was soll aus dem werden? Kommen sie doch bitte heute um Viertel nach sechs in meine Sprechstunde! Wir müssen unbedingt darüber sprechen! Bitte seien sie pünktlich. Um sieben kommt die Mutti von Christin. Sie wissen, dass wir mit der auch so unsere Sorgen haben."

„Ja, ich komme gleich! Das duldet keinen Aufschub! Mache mich in fünf Minuten auf den Weg!"

„Jetzt reicht es! Ich blicke nicht mehr durch, was ich alles tun muss!"

Schon wieder klingelt das Handy. Er verflucht dessen Erfindung.

„Nein, jetzt geht es nicht!", beschließt er. Doch dann sieht er, dass die Mutter anruft:

„Hoffentlich ist da nichts passiert!", denkt er mit Sorge und nimmt ab. Im selben Moment fällt ihm ein, dass da noch etwas war. Er sollte keine Versprechungen machen, selbst bei seinem vergesslichen Muttchen nicht. Die Mutter klingt nervös, durchaus ein wenig böse.

„Alois! Du wolltest längst mal nach meiner Klospülung schauen. Drei Tage lang läuft das Wasser nun schon ununterbrochen. Aber seit dem Nachmittag kommt gar kein Spülwasser mehr. Ich kann doch nicht dauernd zur Schulze rüber rennen! Und was soll ich nachts tun? Du weißt, ich muss mindestens fünfmal raus, jede Nacht! Du musst heute noch kommen und das Ding reparieren! Sag jetzt nicht, ich soll mir Wasser in einen Eimer füllen und damit spülen! Ich bin immerhin 85!"

„84!"

„Papperlapapp! Auf das eine Jahr kommt es nun auch nicht mehr an, es sind ja nur noch knapp elf Monate! Und die Birne im Wohnzimmer ist ebenfalls durchgebrannt. Drei Tage lang muss ich schon im Dunkeln fernsehen!" Alois verdreht die Augen und stöhnt unhörbar.

„Ja, Mama! Ich komme gleich. Ich mache mich in fünf Minuten auf den Weg."

„Beeil dich, aber fahr vorsichtig. Du weißt, die Geisterfahrer. Heute früh in den Nachrichten …"

„Ja doch, Mama!", sagt er und legt auf, „Weshalb schaltet sie nicht einfach die Stehlampe ein, wenn es im Wohnzimmer zu dunkel ist. Außerdem gehören alte Leute beizeiten ins Bett! Das Fernsehprogramm ist nicht gut für die."

„Oh, Gott, die Müssigbroth! Was will die denn jetzt noch? Wo ist nur diese verdammte Beurteilung?"

„Herr Kollege Ströverig! Haben sie den Joghurtbecher in den Kühlschrank gestellt? Der lebt inzwischen! Ich erwarte, dass sie den Eisschrank reinigen, aber so, dass er nicht mehr stinkt. Und zwar - sofort! Künftig …"

„Ja, Kollegin Müssigbrodt. Ich erledige es gleich! Tut mir leid, den Becher habe ich wohl vergessen." Er kann sich nicht erinnern, wann er den Becher da hinein gestellt hat. Es scheint schon länger her zu sein.

Alois muss sich sammeln. Telefon und Handy klingeln gleichzeitig. Der Chef wartet. Die Müssigbrodt … die Tochter und der Sohn, nein dessen Lehrerin. Jetzt versteht Alois, weshalb der Sprössling die nicht leiden kann.

„Nackte Frauen - Na und! Das passt doch zum Biologieunterricht! Diese Paukerin ist vielleicht prüde! Als ich dreizehn war! Nein, das war mit siebzehn - egal! Die heutige Jugend ist eben fixer als wir Alten!", denkt Alois, „Ach ja, Mama wartet auch und wer war da noch?"

Diese Nummer ist ihm unbekannt. Es ist ein penetranter Anrufer von extern.

„Ein Kunde! Nein, jetzt nicht! … Na gut, es scheint wichtig zu sein. Scheiß Kunden …!" Alois nimmt den Hörer in die Hand und meldet sich. Es ist tatsächlich ein Notfall.

„Ja, ich kümmere mich darum, gleich! … Ja, wir haben doch einen Bereitschaftsdienst. Der ruft sie zurück. Ich sage dem sofort Bescheid! Ja, wir erledigen das umgehend! Haben sie bitte ein wenig Geduld. ... Ja, sofort!"

So geht es nicht weiter. Alois beschließt, zu gehen. Die müssen eben alle mal warten. Jetzt braucht Alois ein Bier. Nein, das kommt nicht infrage. Er muss noch Autofahren. Dann also zum Chef oder erst die Tochter fahren, anschließend zur Lehrersprechstunde, danach zur Mutter? Die Müssigbrodt wird sich gedulden, diese Schnepfe soll sich daran gewöhnen, dass er nicht ständig nach ihrer Pfeife tanzt. Und Madam? Egal, die ist sowieso sauer. Da kommt es auf mehr oder weniger nicht an. Morgen ist auch noch ein Tag.

„Morgen Abend ist Skat mit Manne angesagt … Ach Manne wartet ja ebenfalls. Was essen müsste ich auch mal. Wenigstens einen Joghurt! Nein, keinen Joghurt! Joghurt ist ab sofort von der Speisekarte gestrichen!"

„Oh Gott, der Kunde! Wer hat denn heute Bereitschaftsdienst?" Alois schaut in seiner Liste nach:

„Mist, Tom hat sich gestern krankgemeldet. Den Schröder erreiche ich jetzt nicht, Müller hat Urlaub. Bleibt Erwin. Nein, der ist zur Schulung in Köln. Welche Kundennummer hat der Typ denn? Verdammt, habe vergessen, ihn zu fragen. Ach was, der Kunde kann warten! Wird sich bestimmt morgen noch einmal melden, wenn er den Notfall überlebt hat."

* * *

Wie geht die Geschichte nun weiter? Was erledigt Alois als Erstes? Oder gibt es eine Katastrophe? Folgende Möglichkeiten kommen infrage:

- Alois fährt nach Hause, um mit Madam einzukaufen.
- Alois läuft schnell zum Chef, das hat Priorität.
- Alois bringt der Müssigbrodt die überfällige Beurteilung der Praktikantin.
- Alois besucht mit Manne das Fußballspiel. Er muss auf andere Gedanken kommen!
- Er fährt seine Tochter erst einmal zur Ballettstunde.

- Die Sprechstunde der Lehrerin von Sohnemann ist im Moment das Allerwichtigste! Von wem er diese Sperenzien geerbt hat?
- Alois fährt zu seiner Mutter, repariert die Klospülung und dreht die Glühbirne in der Wohnzimmerlampe fest. Die ist nämlich nicht durchgebrannt.
- Alois reinigt den Kühlschrank und beschließt, nie wieder Joghurt zu essen.
- Irgendwie muss dem Kunden geholfen werden. Alois findet dessen Nummer im Nummernspeicher seines Telefons, ruft ihn zurück und kümmert sich persönlich um sein Problem.
- Alois macht Feierabend und geht erst einmal einen Trinken, trotz Auto. Der Tochter spendiert er drei große Cola, eine Pizza und zwei Hamburger.
- Es passiert eine Katastrophe.

Wie es mit Alois schließlich weitergeht, gibt es in der nächsten Geschichte zu lesen.

Volle Kanne

Ein Seiltänzer sollte kleine Schritte machen, um zum Ziel zu gelangen. Leben ist Tanz auf dünnem Seil, einer ohne Balancierstab. Ein Fehltritt … Mit Netz und doppeltem Boden oder Chefsekretärin kommt man sicher an jede Endstation.

Alois öffnet die Augen, atmet tief durch. War er mal kurz eingeschlafen - eingenickt im Büro? Er hat Kopfschmerzen, fühlt sich, wie in einem Karussell. Er reißt das Fenster weit auf. Frische Luft hilft garantiert! Es war wohl etwas viel für ihn, der heutige Tag. Er beschließt, Feierabend zu machen.

„Nach Hause … Nein, Tina wartet unten, bestimmt seit einer halben Stunde. Für den Ballettkurs ist es zu spät." Er wundert sich, dass sie so geduldig ist. Sicher daddelt sie auf ihrem Handy und hat die Zeit aus den Augen verloren. Alois überlegt, was er tun kann. Er beschließt, alles zu lassen, wie es liegt, egal ob auf seinem Schreibtisch oder dem Teppich. Dann kann er morgenfrüh gleich volle Kanne weiter machen. Er nimmt die Jacke aus dem Schrank und geht, besser gesagt, er schwankt zum Ausgang. Auf dem Gang trifft er den Alten. Der ist abends meistens der Letzte, kommt auch oft erst später ins Büro. Der Chef zuckt und fragt, wieso er nicht zu ihm ins Büro gekommen wäre. Er hätte fast eine Stunde lang gewartet. Dann erkennt er, dass sich Alois offensichtlich nicht wohl fühlt.

„Was ist los mit dir? Du bist so blass."

„Geht schon", entgegnet Alois.

„Erzähl nicht! Soll ich dich heimfahren oder ins Krankenhaus? … Trink mal 'nen Schluck! Vielleicht ist es nur der Kreislauf?" Nein, das alles möchte Alois nicht. Er bedankt sich und sagt, dass er sicher nur etwas Ruhe braucht und morgen wieder fit ist.

„War ein bisschen viel heute." Er macht sich auf den Weg.

Unten im Foyer sitzt Tina. Die schaut ihn vorwurfsvoll an. Sie hat geduldig gewartet. Sie kennt den Vater, seine Unpünktlichkeit ist legendär. Auch sie merkt sofort, dass irgendetwas nicht stimmt.

„Soll ich die Mama anrufen?"

„Nein, lass mal. Wir gehen jetzt um die Ecke. Da ist ein Imbiss. Ich muss erst einmal etwas Kräftiges essen. Kannst dir was aussuchen. Da gibt es auch Hamburger und Cola. Das magst du doch." Dieses Angebot versöhnt die Tochter ein wenig.

Nachdem Tina zwei Gläser mit Cola und zwei Burger verschlungen hat, kämpft sie noch mit einer Pizza und dem dritten Getränk, diesmal einem Becher Orangensaft. Sie wollte unbedingt noch eine Pizza Hawaii essen. Alois ist das egal, er hat sein Schnitzel mit Pommes längst aufgegessen und sitzt an Bier Numero drei. Die Gedanken schweifen langsam umher. Wenigstens fühlt er sich nun wieder besser.

„Na, schaffst das wohl nicht mehr? Du wolltest die Pizza aber unbedingt noch essen!" Alois setzt die Tochter ein wenig unter Druck. Doch dann bietet er an:

„Soll ich helfen?"

„Hm", wispert sie kleinlaut und rennt in Richtung der Toilette. Als Tina zehn Minuten später immer nicht zurück ist, beginnt er sich Sorgen zu machen. Vorsichtshalber bestellt er noch ein Bier. Dann geht er, nach seiner Tochter schauen. Zuerst steht er unschlüssig vor der Tür der Damentoilette. Als er die

Klinke hinunterdrückt, kommt ihm eine Unbekannte entgegen.

„Sie sind hier falsch! Da drüben ist für Männer." Alois lässt die Dame an sich vorbei, öffnet trotzdem die Tür der Damentoilette.

„Tina?", ruft er aus dem Vorraum. Die Frau steht jetzt hinter ihm, hüstelt vorwurfsvoll und möchte ihn wohl zur Rede stellen. Sie ist vom Kaliber der Müssigbrodt. Alois hat einen Blick dafür. Aber er lässt sich nicht abdrängen.

„Tina!", ruft er lauter und aus einer der Toilettenkabinen kommt ein Leises

„Papa? Ich bin gleich so weit." Alois ist beruhigt, dreht sich zum Gehen um. Die Dame ebenso. Sie entschuldigt sich sogar. Sie ist also doch nicht mit der Müssigbroth verwandt.

Alois hat sein Glas fast leer, da erscheint Tina endlich aus der Versenkung.

„Ich glaube, ich habe zu viel gegessen. Mein Bauch tut weh." Im selben Moment dreht sie um und rennt wieder auf die Toilette.

Alois hat das letzte Bier längst geleert, als sie sich endlich auf den Heimweg machen. Tina fragt, wie sie nach Hause kommen, ob sie sich nicht lieber von der Mama abholen lassen wollen. Ihr geht es kaum besser, der Bauch drückt immer noch.

„Nein! Das kommt überhaupt nicht infrage!", steht für Alois fest und er steuert zurück zu seiner Firma, sein Auto holen. Als der Tochter das klar wird, fragt sie:

„Wie viele Bier hast du denn getrunken?" Mit dem Vater jetzt Auto fahren, schließt sie völlig aus. Da kann der Bauch drücken, wie er will!

„Wenn du mit dem Auto fährst, rufe ich die Mama an!" In dieser Zwangslage bleibt Alois nichts anderes übrig, als die Straßenbahn zu wählen.

„Na, wenn es unbedingt sein muss!", denkt er. Tinas Bauchweh wird wieder schlimmer. Sie kann kaum laufen, geht nach vorn gebeugt, wie eine alte Frau, hält sich den Bauch. Alois winkt einem Taxi und sie fahren heim.

Angelika kümmert sich sofort um die Tochter. Sie hat wenigstens keine Zeit, Alois Vorwürfe, wegen der verpassten Verabredung zum Einkauf zu machen. Sie sagt nur

„Ruf mal deine Mutter an, die hat schon dreimal gefragt, wo du bleibst. Du wolltest die Klospülung reparieren. Und den Schlüssel für den Briefkasten hat sie auch abgebrochen. Nun kommt sie nicht an ihr wöchentliches Rätselheft dran. Da entwickelt sich eine Katastrophe."

„Oh Gott!" Nein, heute kann Alois nicht zur Mutter fahren. Erstens hat er Bier, etliche Bier betrunken. Er weiß nicht einmal genau, ob es vier oder fünf Gläser waren. Und zweitens scheint ihm die restliche Pizza von Tina ebenfalls nicht bekommen zu sein. Auch bei ihm drückt der Magen gewaltig. Allerdings ist die Toilette besetzt. Die Tochter blockiert sie und ein Ende ist nicht abzusehen.

Andauernd wuselt Max durchs Zimmer. Alois ist gereizt, da nervt ihn jede Störung. Als der Sohn dann ein Schulheft mit den Hausaufgaben auf den Tisch knallt und nur lapidar sagt:

„Schau mal rein, ob das halbwegs stimmt, was ich geschrieben habe", möchte Alois am liebsten mit der Faust auf die Tischplatte hauen. Was nützt das, wenn

Max längst in seinem Zimmer, aus dem laute Musik dröhnt, verschwunden ist.

Angelika kennt ihren Mann. Als er an den Schrank geht und die Kognakflasche sucht, nimmt sie ihn an die Hand, führt ihn in die Küche.

„Hab dir schon einen Verdauungsschnaps eingegossen." Alois ist klar, dass es sich um Magentropfen, mindestens eine Erwachsenenportion davon, handelt. Tapfer kippt er das Zeug hinter, schüttelt sich kräftig.

„Pfui Teufel, ist das ein furchtbares Zeug!" Dann legt er sich aufs Sofa und gibt sich seinen Leiden hin. Im Augenwinkel bekommt er gerade noch mit, wie Angelika das Schulheft von Max vom Tisch nimmt. Sicher wollte Max vermeiden, mit der Mutter über die Hausaufgabe zu diskutieren. Nun hat er richtig Pech. Zwei Minuten später schläft Alois lautstark. Angelika ist froh, wenigstens das Schlafzimmer für sich zu haben. Aber erst einmal muss sie sich noch um Tina kümmern.

„Morgen kriegt der Kerl was zu hören!", nimmt sie sich vor.

* * *

Alois erwacht mit einem mächtigen Brummschädel. Er ist allein zu Hause, schaut auf die Uhr. Es ist kurz vor neun.

„Kurz vor neun!" Da wollte er längst an seinem Schreibtisch im Büro sitzen. Nein, erst einmal muss er aufs Klo, der Bauch drückt immer noch etwas. Er wundert sich, dass seine Frau ihn nicht rechtzeitig geweckt hat. Ist die sauer auf ihn? Alois fällt kein Grund dafür ein.

„Die zwei Bier …" Er überlegt, ob er heute freimachen sollte. Besser wäre es. So richtig wohl fühlt er sich nicht. Überstunden hat er zur Genüge. Schlagartig wird ihm bewusst, was gestern Abend in der Firma los war. Also macht er sich fertig. Rasieren entfällt heute. Der Apparat brummt noch lauter als der Schädel. Das Auto parkt nicht vor dem Haus. Bestimmt hat es Angelika am Morgen genommen.

„Quatsch mit Soße!", fällt ihm plötzlich ein, als er in seiner Hosentasche den Autoschlüssel fühlt, „Der Wagen steht auf dem Firmenparkplatz." Alois nimmt notgedrungen die Straßenbahn. Dabei malt er sich aus, wie er von der Müssigbroth begrüßt wird. Die Kopfschmerzen werden nicht weniger.

Das Schaukeln der Bahn, die Kurven, sind heute Gift für ihn. Und die Kindergartengruppe auf dem Weg in den Zoo lärmt wie die Fankurve im Fußballstadion beim Gegentreffer. Früher, da war alles zivilisierter, erinnert sich Alois. Sollte er doch lieber einen Tag freimachen?

Die Müssigbroth begrüßt ihn freundlich.

„Das hat etwas zu bedeuten!", steht für Alois sofort fest.

„Sie kommen ja doch! Ihre Frau rief an und sagte, sie wären heute krank. Und der Chef meinte, sie hätten gestern Abend schon so blass ausgesehen. Na, viel besser sehen sie jetzt auch nicht aus. Trinken sie erst mal einen Kaffee!"

„Ich kann mir nicht leisten, frei zu nehmen. Die Arbeit …" Als er in sein Büro betritt, ist es aufgeräumt. Genauer gesagt, sämtliche Akten sind weg, weder auf dem Tisch noch auf dem Boden sieht er ein Blatt. Mitten auf dem Schreibtisch steht ein Becher Joghurt. Ein Apfel liegt daneben. Alles schön angeordnet auf einer bunten Serviette, so wie es nur Frauen machen.

„Die Müssigbroth!", denkt Alois sofort, „Aha, deshalb war die so stinkfreundlich." Im selben Moment erinnert er sich daran, keinen Joghurt mehr essen zu wollen und heute schon mal gar nicht. Was bezweckt die damit? Er schiebt den Becher an die Seite und beschließt, abzuwarten.

Alois überlegt, was er als erstes tun muss. Was er sonst nie macht, er notiert sich alle offenen Aufgaben von gestern Abend, alle, die ihm noch einfallen. Da ist der Kunde, der so aufgeregt anrief, dann das neue Projekt, das der Chef mit ihm besprechen wollte. Ach ja, die Beurteilung für die Praktikantin. Wo hat er die denn abgelegt? Als er alles aufgeschrieben hat, zieht er einen Strich und schreibt auf, dass er die Mutter unbedingt anrufen muss. Manne wartet auch auf eine Nachricht.

„Habe ich etwas vergessen? Bestimmt! Ach ja, Mäxchens Biologielehrerin hat gestern vergebens auf ihn gewartet."

Wer hat die Projektunterlagen weggeräumt? Er wollte heute gleich volle Kanne weiterarbeiten und nun sind die Unterlagen fort. Die Müssigbroth möchte er nicht fragen. Das könnte wieder ein Desaster werden. Alois beschließt, seine Mailbox zu inspizieren. Das ist keine gute Idee. Sie quillt fast über und die Hälfte ist sowieso belangloser Kram.

„Du bist ja doch da!", wundert sich Claudia, als sie plötzlich im Büro steht. Claudia ist Alois' Stellvertreterin. Sie schiebt sich einen Stuhl heran, nimmt den Joghurtbecher, zieht den Deckel ab und beginnt den Inhalt zu löffeln. Den Teelöffel, hatte Alois nicht bemerkt, obwohl der ebenfalls auf der Serviette lag.

„In meinem Büro sind zwei von der IT. Die reparieren den Computer. Bin skeptisch, ob das heute noch etwas wird, so wie die da rein gucken. Deshalb habe ich mich an deinen Schreibtisch gesetzt. Es war ja nicht abzusehen, dass du noch kommst."

„Und meine Unterlagen?"

„Habe ich in zwei Ordner sortiert. Sieht nun wesentlich übersichtlicher aus. Die beiden Rückfragen an den Auftraggeber sind auch raus. Wir können schon mal den vorläufigen Arbeitsplan aufstellen."

Aufräumen ist nichts für Alois. Er meint, hinterher müsse man erst recht alles suchen. Trotzdem lässt er sich zu einem

„Wenn ich Dich nicht hätte!" herab. Claudia wundert sich. Solch ein Lob aus dem Mund von Alois hört sie nicht alle Tage. Und sie spürt, dass heute die Gelegenheit ist, Alois diese besonders heikle Mitteilung zu machen.

„Denken sie auch an die Beurteilung für die Praktikantin?", erinnert die Müssigbrodt ungewohnt sanft. Doch dann ergänzt sie noch, dass die Kollegin Klamann den Kühlschrank gereinigt hätte. Er könne sich ja mal bei ihr bedanken - bei Gelegenheit.

„Es muss ja keiner mitbekommen", meint sie mit einem etwas ironischen Unterton.

* * *

Kurz bevor Alois zur Mittagspause gehen möchte, so langsam verspürt er so etwas wie Hunger und die zwei Tassen Kaffee auf nüchternen Magen machen sich auch bemerkbar, klingelt das Telefon. Er hatte sich schon gewundert, dass es heute so ruhig ist. Sonst läutet es alle paar Minuten. Wenn es nicht die Müssigbroth ist, nerven Kunden oder Auftraggeber. Alois nimmt den Hörer ab, ziemlich widerwillig. Er erkennt diese Stimme sofort. Es ist der Herr von gestern Abend. Alois macht sich auf etwas gefasst, will ihn erst einmal reden lassen. Das beruhigt dessen Gemüt - eine alte Weisheit aus dem Kundendienst.

„Lass sie kotzen, volle Kanne. Wenn alles raus ist, geht es ihnen wesentlich besser und du schonst deine Nerven!", hat ein Kumpel aus dem Telefonservice neulich mal gesagt. Doch dieser Kunde hat nur noch eine kurze Frage zur Software. Ein Fall, den sogar Alois aus dem Effeff beantworten kann. Auch das gibt es. Irgendwer scheint dessen gestriges Problem gelöst zu haben. An Heinzelmännchen glaubt Alois nicht.

Nach der Mittagspause liegt ein dicker Ordner auf Alois Schreibtisch. Es ist die Ausschreibung des Projekts, von dem der Alte gestern Abend sprach. Alois blättert die Unterlagen kurz durch.

Ihm ist klar, dass hier viel Arbeit auf ihn wartet. Er weiß nicht, wie er die schaffen soll. Den Ordner erst einmal zur Seite legen, lagern, wie guten Wein, scheidet aus, ausnahmsweise.

Wieder klingelt das Telefon. Gertrude Müssigbrodt ist dran, wer sonst. Die hatte Alois schon vermisst. Vermisst eher nicht.

„Da müssen sie sich dringend drum kümmern. Nächsten Mittwoch muss das Angebot raus sein", sagt sie, „Die schicken dann eine weitere Ausschreibung, noch eine Nummer größer. Das darf nicht schief gehen!"

„Ich bespreche das gleich mit Claudia."

„Nein, machen sie es selbst. Claudia kümmert sich noch um das alte Projekt." Was hat denn das zu bedeuten? Ohne die Hilfe von Claudia sieht er alt aus. Die Müssigbroth hat vielleicht komische Ideen!

Als Claudia zwei Minuten später vom Mittagessen kommt, schiebt er ihr die Unterlage zu.

„Schau es dir mal an. Was meinst du, was wir da machen können? Mit diesem Kunden kennst du dich doch am besten aus." Bevor die Kollegin antworten kann, steht der IT-Experte im Raum und bittet Claudia, den PC zu testen. Es würde nun alles funktionieren.

„Nichts läuft!", schimpft sie drei Minuten später und sitzt wieder im Büro von Alois, „Die Datenbank schmiert immer noch ab."

Claudia überlegt:

„Jetzt oder nie!", jetzt sollte ich endlich mit Alois darüber sprechen. Hoffentlich kippt der nicht aus den Latschen!

„Du, wir müssen uns dringend über etwas Persönliches unterhalten. Hast du fünf Minuten Zeit?" Alois verzieht das Gesicht. Er befürchtet Schlimmes. Hat der Rabenstein auch noch seine beste Mitarbeiterin abgeworben? Zuzutrauen wäre es ihm jedenfalls. Da Claudia die Bürotür bereits schließt, kommt er um das Gespräch nicht herum. Er nimmt sich vor, unnachgiebig zu sein.

„Schließlich kann ich die ganze Arbeit ja nicht selbst machen!", steht für ihn fest.

„Schieß los!"

„Ich bin demnächst für eine Weile fort. Du verstehst, was ich meine."

„Nein, kapiere ich nicht." Alois versucht, Zeit zu gewinnen. Er braucht mehr Informationen.

„Es gibt da ein neues, ein ganz besonderes Projekt."

„Mit Rabenstein?" Rabenstein ist der andere Abteilungsleiter hier in der Firma.

„Mit Rabenstein? Was hat der damit zu tun? … Nein, ein Projekt mit Micha." Micha ist Claudias Mann. Alois schaut fragend. Er kapiert nur „Bahnhof". Micha ist selbstständiger Architekt. Will Claudia jetzt bei ihrem Mann arbeiten, als Sekretärin, als Hilfsarchitektin, als Buchhalterin? Er scheint so verunsichert zu schauen, dass Claudia lachen muss.

„Ich erwarte ein Baby! Mit Anfang dreißig wird das nun endlich mal Zeit." Alois ist perplex. Damit hatte er wirklich nicht gerechnet. Claudia wird Mutter. Kann die das? Unvorstellbar! Er ist sprachlos. Das kommt bei ihm sonst nur vor, wenn die Müssigbroth auf der Matte steht.

„Ein paar Wochen bin ich noch hier. Und nach einem Jahr komme ich wieder.", beruhigt sie ihn.

„Na hoffentlich!", denkt Alois, „Vielleicht werden es Zwillinge. Oder es gefällt ihr so gut, dass sie anschließend gleich noch eins und noch eins bekommt!" Ihn ist nicht klar, wie es hier weitergehen soll. Solange ohne seine Vertreterin, das geht nicht. Er benötigt mindestens zwei Aushilfen, besser drei und am besten von diesem Rabenstein. Irgendwie muss doch das Gleichgewicht wieder hergestellt werden.

„Weiß es der Chef schon?"

„Ja, ich habe es ihm vor ein paar Wochen gesagt."

„Ich bin wohl der Letzte, der es erfährt?"

„Na ja, nicht ganz", druckst Claudia herum.

* * *

Am Nachmittag ruft Alois die Lehrerin seines Sohnes an. Höflich – stinkhöflich - entschuldigt er sich.

„Ich habe es einfach nicht geschafft, zur Sprechstunde zu kommen. Hatte im Büro so viel zu tun. Was hat er denn angestellt, unser Max?" Es stellt sich heraus, dass Max nicht der einzige Sünder in der Klasse ist.

„Die Pubertät!", fasst die Lehrerin das Vorgefallene zusammen, „Doch mit Dreizehn muss er noch keine Nackten malen. Wenn er im Kunstunterricht auch so kreativ wäre …"

„Steht da schon Aktmalerei im Lehrplan?", fragt sich Alois. Er verspricht, mit seinem Sohn zu reden.

Aber erst einmal fährt er zur Mutter und repariert die Klospülung. Es ist eine Kleinigkeit. Das Sieb im Zulauf ist total verkalkt. In der großen Kiste im Keller findet er ein Ersatzteil, das er mal irgendwo ausgebaut hatte. Mit Müh und Not gelingt es ihm dann, den abgebrochenen Briefkastenschlüssel aus dem Schloss zu popeln. Zum Glück hat die Mutter noch einen Reserveschlüssel.

„Ruf trotzdem den Vermieter an, dass er ein neues Briefkastenschloss mit mindestens zwei Schüsseln montiert. Beim nächsten Mal haben wir sonst ein Problem. Oder du bestellst das Rätselheft ab!"

„Na hör mal! Wenigstens eine Freude braucht der Mensch. Soll ich mich denn immer nur langweilen? Du kommst ja nur alle zwei Wochen bei mir vorbei!"

„Und was ist mit der Wohnzimmerlampe?"

„Habe ich selbst repariert!"

„Bist du verrückt! Wenn du eine gewischt bekommen hättest!"

„Ach was, die Birne war ja nur lose. Bin auf den Küchenstuhl geklettert und habe sie einfach festgedreht. Leuchtet wieder." Alois ist sprachlos. Das ist typisch für Mutter. Irgendwann fällt die noch vom

Stuhl. Er weiß, seine Mutter ist genauso stur wie er. Es hilft sowieso nicht, ihr etwas zu verbieten.

Die Mutter macht eine Kleinigkeit zu essen. Das lässt sie sich nicht nehmen. Sie möchte ein wenig mit ihm plaudern. Endlich kann sich Alois wieder auf den Heimweg machen.

„Hier, nimm den Kindern eine Tafel Schokolade mit." Mutter hat einen Fünfeuroschein mit Klebeband auf jeder Tafel befestigt. Sie weiß, dass ihre Enkelkinder sich darüber freuen werden.

* * *

„Max, wir müssen reden!"

„Och nö. Ich gehe ins Bett, ist schon spät und morgen schreiben wir eine Klassenarbeit."

„Nein, wir müssen reden - jetzt!", beharrt Alois.

„Worüber sollen wir denn reden? Die doofe Zicke hat dir sowieso alles erzählt. Außerdem waren da schon vorher ein paar Bilder ins Biobuch reingemalt. Das kommt davon, wenn man immer nur Leihbücher von der Schule nimmt, statt eigene zu kaufen … Beim nächsten Mal lasse ich mich nicht erwischen. Da nehme ich das Mathebuch. Der Mathelehrer ist nicht so doof, der glotzt da nicht rein."

„Max!", Alois ist überrascht. Schließlich ist sein Sohn erst dreizehn. „Du malst bitte keine nackten Frauen in irgendwelche Bücher! In deinem Alter wusste ich noch gar nicht, wie eine Frau aussieht. Und wenn deine zehnjährige Schwester das sieht!"

„Die kennt sich mit der weiblichen Anatomie bestimmt schon aus. Musst dir keine Sorgen machen. Die interessiert sich außerdem mehr für Jungs."

„Ach so."

„Hättest mal sehen sollen, wie die geguckt hat, als wir neulich an deinem Computer saßen und was bei Wikipedia suchten. Plötzlich kamen da solche Seiten. Ihr Interesse war echt. Warum hast Du die Historie im Browser auch nicht gelöscht!"

„Historie?"

„Der Computer merkt sich alle Internetseiten, auf denen du warst." Alois beendet jetzt lieber das Gespräch und schickt den Sohn ins Bett.

„Angelika muss unbedingt mal mit Tina reden. So geht das nicht weiter!" Außerdem nimmt er sich vor, Manne zu fragen, wie das mit der Historie ist. Manne kennt sich mit Computern aus. Alois erinnert sich nicht, irgendwann mal auf historischen Seiten gesurft haben. Höchstens als Angelika die drei Tage bei ihrer Schwester war, da hat er zuletzt … Mit Historie hatte das wenig zu tun. Das ist aber mindestens sechs Wochen her.

3 Sammelsurium

Manche Geschichten passen in keine
Schublade. Oder sie sind so speziell, dass man für
jede Einzelne ein eigenes Fach bräuchte. Deshalb sind
hier mehrere Kurzgeschichten unterschiedlicher Art
zu finden, querfeldein und zusammengewürfelt.

Es geht um verschmähte und aufkommende Liebe –
ein immerwährendes Problem. Eine Horde japanischer
Rennschnecken veranstaltet ein Wettrennen und muss
einem UFO ausweichen. Ganz überraschend Fünflinge – wie kann das passieren? Und die Kindlein ähneln
der Mutter in keiner Weise. Schnelle Autos sind
beliebt, besonders bei jungen Männern. Schlimm,
wenn die Nachbarin eine alte Schnepfe ist. Ist sie das
wirklich? Jedenfalls hat er einige ziemlich fette Din-
ger gedreht und muss mit ansehen, wie ein anderer
seine Gene an die Angebetete weitergibt. Kommt er
gar mit einem Mörder in eine Zelle?

So viele Fragen. Die Antworten darauf sind in den
folgenden Kurzgeschichten zu finden.

Wetterwechsel

Was heute ist, kann morgen anders sein. Beharren wir, fegt uns ein Sturm davon. Die Welt lebt von Veränderung, Neues von Altem.

Es ist kein Schwitzen, es ist einfach nur Regenwasser, das an Fabian herunterrinnt. Laufen ist nichts für ihn, das versucht er zu vermeiden. Sportlich ist er, wenn er zum Bus rennt, wenn es nicht anders geht und nur die letzten hundert Meter. Und dann läuft das Wasser in Strömen. Trotz seines Spurts, trotz der tagelangen Hitze, friert er. Der Umschwung kam plötzlich und unerwartet. Der Wetterbericht hatte gewarnt. Niemand nahm ihn ernst. Und nun dieses Unwetter!

Fabian ist froh, die Bushaltestelle erreicht zu haben. Triefend setzt er sich ins Wartehäuschen. Es ist ihm egal, ob die Bank schmutzig ist. Der abnehmende Gewittersturm treibt letzte dicke Tropfen in die hinterste Ecke des Glaskastens. Fabian schnauft. Er schaut auf seine Schuhe. Die Sohle hat ihre besten Tage längst hinter sich. Wenigstens kommt es zu keinem Wasserstau. Und eine Abkühlung für die Füße, eine mit Frischwasser schadet gerade nicht.

Noch vor einer Stunde saß er gemütlich mit Friederike im Eiscafé neben dem Schwimmbad. Die Terrasse ist nett, mit Blick auf das Treiben im Bad. Die Hitze war unerträglich. Er fühlte sich wie ein Spiegelei in der Pfanne. Der Sonnenschirm bot kaum Schutz, die Luft stand und glühte. Selbst flüchtige Gedanken verursachten Schweißausbrüche. Gern wäre Fabian schwimmen gegangen, doch Friederike war mehr nach Eisessen zumute. Sie saßen und schwiegen. Sie saßen und löffelten ihr Eis aus großen Bechern, genossen die kurze innere Erfrischung. Immer, wenn

Fabian aufschaute, blickte Friederike in die Ferne, sah lustlos irgendwo hin. Nicht einmal das Toben der Badenden schien sie wahrzunehmen. Die Hitze war wirklich unerträglich.

Fabian weiß nicht, wie es geschehen konnte. Wie aus dem Nichts heraus kam es zwischen ihnen zu einem Streit. Ganz langsam ging es los. Es war eine harmlose Meinungsverschiedenheit, ein nichtiger Grund. Gab es überhaupt einen? Ein Streit, wie er alle Tage vorkommen kann. Einer der sich schnell wieder auflöst, normalerweise. Doch heute war es anders. Die Streiterei schaukelte sich hoch. Nein, angeschrien haben sie sich nicht.

„Die Leute ...!", hat Friederike mehrmals mit ungewohnter Strenge gesagt, als Fabians Stimme nur wenig lauter wurde. Dabei hat sie sich immer umgeschaut, so, als wenn sie den anderen gegenüber andeuten wollte:

„Der ist es, ich kann nichts dafür, der kann sich einfach nicht benehmen!" Ein Wort gab das nächste. Die Stimmung und die Gesichter verfinsterten sich. Das Eis schmeckte nicht mehr. Vom Nebentisch blickten zwei Frauen herüber. Hatten die etwas mitbekommen? Plötzlich, mitten in Fabians Satz, ist Friederike wütend und wortlos aufgesprungen und gegangen. Sie hat sich nicht noch einmal zu ihm umgedreht. Irgendetwas hatte sich über Wochen zwischen ihnen unausgesprochen angestaut. Nun entlud es sich in einem Gewitter, keinem reinigenden Unwetter. Fabian weiß nicht, worum es ging:

„Da fragst du noch!", hatte Friederike ihm an den Kopf geknallt. Fabian spürte Wut in Friederikes Blick. Hatte sie Tränen in den Augen? Nein, es war nur diese Entrüstung, ist sich Fabian sicher. Doch ihm ist zum

Heulen zumute. Er brauchte eine Weile zum Durchatmen.

Weg war sie. Fabian konnte nicht hinterher laufen. Sie war so schnell um die Ecke und er musste schließlich die Eisbecher bezahlen. Einer muss es tun. Und der Eisbecher, auch wenn das Eis inzwischen längst geschmolzen war, wollte auch noch geleert werden. Jetzt hatte er Zeit, konnte in Ruhe die Soße löffeln.

Fabian war wütend. Er war traurig und konnte Friederike überhaupt nicht verstehen. Er grübelte und fand keine Erklärung.

„Warum ist sie gegangen?", fragt er sich immer wieder. So etwas wie Zorn auf Friederike wuchs in ihm. Soll sie doch sagen, was los ist! Solch ein Herumeiern kann er absolut nicht leiden. So war sie doch sonst nie!

Ein kühler Hauch gleitet um ihn herum. Während er ein wenig erleichtert durchatmet, registriert er, dass eine dunkle Gewitterwolke über ihm steht. Er war so in seine trüben Gedanken vertieft, dass er das Aufziehen des Unwetters nicht bemerkte. Erst das Stühlerücken der anderen Gäste weckt ihn aus seiner Lethargie. Rasch wird der Lufthauch zum Gewittersturm. Es geht rasend schnell. Vertrocknete Blätter, ganze Zweige peitschen durch die Luft. Dicke Tropfen klatschen auf die Erde. Die zierliche Serviererin kämpft mit einem übergroßen Sonnenschirm. Niemand hilft ihr. Gläser zerspringen auf dem Boden. Es gießt in Strömen. Blitz und Donner erscheinen fast gleichzeitig. Es ist düster wie kurz vor dem Sonnenuntergang. Die Gäste drängeln sich im Verkaufsraum.

„Na, das passt ja perfekt", ist Fabians Kommentar. Schnell bezahlt er die Eisbecher und läuft los, mitten im stärksten Regen, will nicht warten. Der Weg zur

Bushaltestelle ist kurz. Er geht, so schnell er kann und schnauft trotzdem mächtig.

Fabian sitzt im Wartehäuschen. Lange kann es nicht dauern, bis der nächste Bus kommt. Hoffentlich ist es die richtige Linie. Ewig warten, dazu hat er keine Lust. Er fühlt sich schlecht, das kalte Eis drückt im Bauch, der Streit geht ihm nicht aus dem Kopf, er friert und ist bis auf die Haut durchgeweicht. Er möchte nach Hause, warm duschen, einen heißen Tee trinken, sich ausruhen und später vielleicht Friederike anrufen.

Fabian blickt sich um. Dort an der anderen Seite des Wartehäuschens sitzt eine junge Frau. Er hat sie gar nicht bemerkt. Fabian nickt ihr zu, der Leidensgenossin. Kummer verbindet. Er möchte sagen:

„Scheißwetter …!" Er sagt nichts, merkt, dass sie ihn zu übersehen scheint, Abstand signalisiert. Unauffällig, fast schüchtern schaut er die Frau an:

„Die passt hinter den Tresen beim Bäcker. Oder beim Fleischer!", ist sein Fazit. Na gut, das ist übertrieben und er relativiert die Gedanken. Doch, ja, sie sieht gut aus, auf den zweiten Blick. Hat ein hübsches Gesicht, rund, eine kleine Nase, fast eine Stupsnase. Die langen, dunklen Haare sind zum Pferdeschwanz zusammengebunden, wegen der Nässe sicherlich. Sie könnte seine Traumfrau sein, die Traumfrau in dick - in mitteldick, wie er. Fabian nennt es „kräftige Knochen" und schiebt es auf die geerbten Gene seiner Vorfahren.

„Schließlich bin ich nicht dick!" Während er das denkt, fühlt er sich beobachtet. Er lässt es sich nicht anmerken, es ist ihm sogar etwas peinlich. So, wie er jetzt dasitzt, nass und missmutig …

Fabian ist längst zu Atem gekommen, ruhig geworden. Dauernd schaut er auf die Armbanduhr. Die Zeit schleicht, wie eine Schnecke. Er ist ungeduldig. Er blickt sich um.

An der Bushaltestelle thront auf einem hohen Pfahl eine elektronische Anzeige. Laufschrift bewegt sich langsam drüber hinweg. Bevor er den Inhalt begreift, bemerkt er den Schreibfehler:

„Betriebsstöhrung!" Wer hat denn das geschrieben! Gleichzeitig vernimmt er ein Räuspern, ein vorsichtiges, noch zurückhaltendes Hüsteln, eines, das sich entwickeln wird.

„Soll sich diese verdammte Schrift beeilen!", denkt er und meint den erwarteten Bus.

„Haben sie ein Handy? Bei meinem ist der Akku leer", fragt sie.

„Vorübergehend fallen die Busse der Linien 3 und 4 aus", liest Fabian. Ausgerechnet jetzt, wo er schnell nach Hause möchte.

„Ja, wieso?"

„Können sie mir ein Taxi rufen?"

„Gerne. Wo soll es denn hingehen?" Fabian hat die Idee, dass sie sich die Tour vielleicht teilen könnten.

„Zur Poststraße, drüben im Stadtteil Neumarkt." Fabian klaubt sein Handy aus der Hosentasche.

„Mist! Es ist total nass." Er tippt den Sicherheitscode ein. Das Gerät hat durch das Unwetter keinen Schaden genommen. Allerdings gibt es ein Problem.

„Ich kenne die Nummer vom Taxibetrieb nicht, haben sie die im Kopf?"

„Sechsmal die Sechs", sagt sie, „Die werben doch mit dem Spruch ‚Taxi mit Herz'. Das merkt sich gut."

„Geniale Idee! Wenn meine Handynummer auch so eingängig wäre!" Fabian wählt die 66 66 66. Nichts passiert. Er tippt die Ziffern noch einmal ein. Wieder kommt keine Verbindung zustande. Weder eine Warteschleife, noch ein Besetztzeichen sind zu hören. Dieser tolle Slogan versagt auf der ganzen Linie. Fabian stellt fest, dass er keinen Empfang hat, kein Netz.

„Das kann nicht sein. Oder der Funkmast ist kaputt, vielleicht ein Blitzeinschlag?" Dabei schaut er der jungen Frau, die jetzt neben ihm sitzt, direkt ins Gesicht. Auch sie ist klatschnass, wie er, friert, wie er, möchte heim, wie er, sitzt hier fest, wie er. So viele Gemeinsamkeiten! Sie könnte seine Traumfrau sein.

„Eigentlich, … eigentlich, …", überlegt Fabian. Er denkt zum ersten Mal wieder an Friederike, wischt den Gedanken an sie mit einer Kopfbewegung in Richtung seiner neuen Bekanntschaft fort.

„Man muss immer das Beste aus jeder Situation machen!", sagt er sich, „Selbst, dann, wenn man sich besonders mies fühlt! "

Heißer Tee in dem Eiscafé, aus dem er geflüchtet war, mit Zucker und einer dicken Scheibe Zitrone, wird ihnen jetzt guttun.

Fräulein El Niño

Kampfhunde, Brüllaffen, Riesengarnelen oder Glasfische: Immer müssen es extrem begabte Tiere sein. Nun kommen Rennschnecken hinzu.

Im Kalender steht der Wettlauf japanischer Rennschnecken, die inoffizielle Landesmeisterschaft. Der meterlange Parcours führt schnurgerade zwischen Schnittlauch und Erdbeeren hindurch.

Isolde gibt gleich nach dem Start wegen Blähungen auf. Sie hatte heimlich an einer Sellerieknolle geknabbert. Wie ein Häufchen Elend liegt sie auf dem Rücken und jammert.

Angelika biegt links unter ein Erdbeerblatt ab. Dort wartet der fesche Fred. Er beglückt sie mit seinen Chromosomen. Fräulein El Niño übernimmt die Führung. Sie wird von ihrer elfengleichen Freundin pausenlos angefeuert.

Oh je! Ernestine zieht vorbei. Drei Zentimeter weiter stolpert sie – unaufmerksam und fast schon siegestrunken – über ein Körnchen Schneckengift.

Für einen Moment liegt Fräulein El Niño wieder vorn. Aber Anastasia, diese doofe Kuh, diese olle Angeberin, diese gemeine Nacktschnecke, diese elende Betrügerin, diese Zicke, diese … hat sich in der Nacht heimlich an der Pfütze herumgetrieben. Nun drückt die Blase und sie muss ganz dringend. Das nächste Schneckenklo ist hinter dem Ziel. Das treibt sie an. Gnadenlos, wie ein arktisches Rennpferd, überholt sie Fräulein El Niño.

Derweil sitzt Ottilie Sommerberg im Arbeitszimmer und druckt das Ticket für die Urlaubsreise. Gerade als sie die Rückfahrkarte aus dem Drucker nimmt, bringt ihr Gatte ein Glas gekühlte Himbeerlimonade.

Der Luftzug durch die offene Tür wedelt die Fahrkarte wie einen Papierflieger nach draußen. Sie landet zielgerichtet auf der Rennstrecke, genau vor Anastasia. Die schneidet sich an der Papierkante die Nase auf. Ein Tröpfchen Blut quillt heraus. Vor Schreck und Schmerz lässt sie dem Wasser freien Lauf. Der Antrieb ist futsch, enttäuscht scheidet sie aus.

Nun hat Fräulein El Niño freie Bahn. Sie schaltet hoch in den 7. Schneckengang und gibt Gas, wie eine Rennfahrerin und setzt sich an die Spitze dieses hochkarätigen Feldes.

„Was ist das?" Es stinkt schlimmer als die Blähungen von Isolde, es knattert wie eine startende Sojusrakete, ein furchtbar lauter Knall erschüttert den Garten. Ein riesiges UFO landet auf der Rennstrecke. Fräulein El Niño weiß sofort, was passiert ist. Auf der Dorfstraße neben dem Garten ist seit dem Winter ein quadratmetergroßes Schlagloch. Zwei himmelblaue Trabbis liefern sich ein Rennen. Einer der beiden verliert die vordere Radkappe. Diese macht nun einen großen Umweg erforderlich. Für Fräulein El Niño, eine kampferprobte japanische Rennschnecke, ihr Vater wurde immerhin Ding Dong, die Kampfschnecke von Kyoto-Süd genannt, ist das kein Problem.

Mit mehreren riesigen Millimetern Vorsprung erreicht Fräulein El Niño als Erste ins Ziel. Der Gewinn ist ein Salatblatt, das sie mit ihrer Freundin teilt. Was sich unter dem Gemüse abspielt, bleibt der Öffentlichkeit verborgen. Man munkelt, dass es zu Zärtlichkeiten kommt. Nur Clarissa, die etwas vorlaute Tochter der Gartenameisengroßfamilie ist Zeugin und berichtet mit einem Strahlen in den Augen. Aber wer versteht schon Ameisisch? Das ist dreimal so schlimm, wie Japanisch.

Abgrundtief

Wenn etwas schief geht, dann geht es so richtig daneben.

Roman scheint vom Glück endgültig verlassen worden zu sein. Er ist sich keiner Schuld bewusst, es lief doch so gut, ging ständig bergauf. Er war erfolgreich. Na gut, dass mit diesem Kunden und der Versicherung und die Sache in der Firma konnte, er wirklich nicht vorhersehen. Muss Anita solch ein Theater machen?

Autos sind Romans Leidenschaft. Nein, nicht die, mit dem silbernen Stern. Die sind sein Traum, vielleicht ein Ziel für die nächsten fünf Jahre. Auch diese fernöstliche Firma baut gute und große Wagen. Für die Großen ist er zuständig, da ist er der Spitzenmann im Verkauf. Kleine Brötchen backen nur die Anderen!

Am liebsten hat er Firmenkunden. Kunden, die gleich eine ganze Fahrzeugflotte für den Vorstand ordern. Da lohnt sich das Geschäft, für den Käufer, für seine Firma und für ihn. Ständig kommt der Chef, legt die Hand auf die Schulter und sagt zu ihm, natürlich so, dass es die andern Verkäufer nicht mitbekommen:

„Kümmere Dich mal. Mach denen einen guten Preis, dann läuft das schon." So etwas spornt Roman gewaltig an. Trotzdem lässt er keinen Privatmann, der sich endlich durchgerungen hat, einen neuen Wagen anzuschaffen, im Regen stehen. Da kann er immer den einen oder anderen Tausender dazuverdienen. Die sind unerfahren, im Autokauf und vor allem, wenn sie von jemandem wie Roman bequatscht werden. Roman verkauft jeden Aufpreis als echte Ersparnis. Fahren die Kunden dann glücklich mit ihrem Neuen vom

Hof, empfindet Roman so etwas wie ein Gefühl von Zufriedenheit und Freude.

Anita ist für Roman ein Glücksgriff. Solch eine Wahnsinnsfrau findet man nicht alle Tage. Ihr letzter gemeinsamer Skiurlaub in den österreichischen Alpen war einfach Klasse. Nur wenige Frauen können bei der Abfahrt mit ihm mithalten. Anita wäre ihm fast davongefahren. Fast davongefahren – mit einem Mann wie ihm kann es keine aufnehmen. Die anderen haben ihn wegen dieser Frau neidisch angeschaut. Und wie sie kocht! Mit ihr alt werden, ist eine gute Vorstellung. Noch sind beide sehr jung. Die Welt liegt ihnen zu Füßen. Sie möchten erobert werden, Anita und die Welt. Roman gibt sein Bestes. Anita und Roman sind mit Volldampf auf der Siegerstraße unterwegs.

Anita mag seinen Wagen, das große, schneeweiße Cabrio, das alle nur bewundernd anhimmeln. Sie genießt die Fahrten bei Sonnenschein über die Landstraßen. Nur zu schnell darf Roman nie fahren. Das ist schade, der Wagen hat doch so viele Pferde unter der Haube. Das ist auch der Grund, weshalb sich Anita nicht traut, selbst mal das Steuer in die Hand zu nehmen.

Manchmal glaubt Roman, sie wäre zu gebildet für ihn. Mitten in der Arbeit an der Promotion steckt sie. Dauernd ist sie in der ganzen Welt zu wissenschaftlichen Kongressen unterwegs oder schreibt Artikel für amerikanische Fachblätter. Ihr Professor lobt sie mächtig. Er selbst hat lediglich den Beruf eines Kaufmanns für Marketingkommunikation gelernt. „Kaufmann für Marketingkommunikation", das klingt vielleicht spröde. Das zu erwähnen, ist beinahe peinlich. Doch verkaufen kann er gut. Da ist er ein echtes

Naturtalent. Das liegt an seinem Gelaber. Wenn er in Fahrt ist, stoppt ihn niemand.

„Außer, der Kunde sagt ‚Ja!' und unterschreibt." Anita meint, sogar der Papst würde sich von ihm Kondome andrehen lassen, wenigstens, um ihn wieder los zu werden. Und selbst den Beduinen in der Sahara würde er Schlittschuhe verkaufen. Die wären noch stolz auf diesen Deal! Zum Abitur hatte es damals nicht gereicht. Schließlich war er froh, mit diesem etwas missratenen Realschulabschluss doch einen Ausbildungsplatz ergattert zu haben. Wahrscheinlich hat ihn sein inhaltsloses Reden beim Vorstellungsgespräch gerettet. Jedenfalls ist er heute ein erfolgreicher Autoverkäufer.

* * *

Seit einem Dreivierteljahr ist alles anders.

Zuerst war da die Sache mit der Reise nach Mallorca. Die Versicherung, mit der seine Firma zusammenarbeitet, lud ihn überraschend ein. Er hatte die Verkaufsziele für Autoversicherungen zum dritten Mal in Folge übererfüllt. Es war eine Art Belohnung. Anita konnte leider nicht mitfahren, sie musste eine wichtige Präsentation für den nächsten Kongress in Schanghai vorbereiten. Die ganze Horde Autoverkäufer ist ihr sowieso suspekt.

Eine viertägige Weiterbildung im Autoversicherungsrecht sollte das sein - auf Mallorca. Sie flogen natürlich erster Klasse. Tatsächlich waren fast nur Sonnenbaden am Strand und zwei wunderschöne Ausflüge angesagt. Die Verpflegung war erste Sahne. Zum Glück gab es im Hotel alles, was Roman zum Wohlfühlen braucht: einen Pool, die herrliche Saunalandschaft, natürlich samt jeder Art von Saunen und Dampfbädern und dann noch dieses grandiose Fitnesscenter. Alles war inklusive, keinen einzigen Cent hat er ausgeben müssen. Abends hatten sie eine fröhliche Zeit an der Bar. Die wenigen Stunden Seminar waren nur ein Alibi. Genau wie diese alberne Urkunde, die er mit heimgenommen hat.

Wer hat Anita gesteckt, was dort gelaufen ist? Außerdem war die Reise schon vor über einem Monat. Sie hat geweint und kein einziges Wort gesagt. Nur ein zerknitterter Zettel lag auf dem Tisch.

„Viel Spaß mit Ulla!", hatte sie groß draufgeschrieben und sich im Gästezimmer eingeschlossen. Sein Klopfen half nicht. Wahrscheinlich lag sie auf der Gästecouch und hat sich das Kissen auf den Kopf gepresst. So wie damals, als die Dame vom Tennisverein nach der Weihnachtsfeier bei ihm anrief und dummerweise Anita den Hörer abnahm. Klar, dass sie sauer war, damals und heute. Er kann wirklich nichts dafür. Diese Ulla stand direkt neben ihm an der Bar und hatte es darauf angelegt, ihn zu verführen. Nach dem dritten Cocktail, die kosteten ja nichts, ist es ihr dann auch gelungen. Sein Zögern war nur wegen der Kollegen.

„Oh je, hat die eine Oberweite! Und dieser Ausschnitt …! Da muss ein Mann einfach schwach werden!", hatte er sich gedacht. Bevor Martin, der Typ vom Kasseler Autocenter zum Zuge kommt, hat er ihr gesagt, was für ein schönes Dekolletee sie hätte. Was dann auf ihrem Zimmer abging, hat ihn regelrecht umgehauen. Die war Profi, das hat Roman sofort erkannt. Da konnte er sich noch ein paar Tricks abschauen. Er war sich sicher, dass dieses amouröse Abenteuer, weitab von zu Hause, kein Problem ist. Er hatte sich wohl verrechnet. Hat er Feinde? Da war doch das kleine Moppelchen aus Marburg, die einzige Verkäuferin in der Runde. Aber Marburg liegt weit weg. Wenigstens weiß auch er jetzt, dass sie Ulla heißt. Das ist ihm völlig egal, ist Schnee von gestern.

Am folgenden Abend kommt er ein wenig später heim. Ein Kunde hatte ihn aufgehalten. Auch Anita hat macht wieder später Feierabend, das ist nichts Außergewöhnliches, passiert öfter mal, sie hat viel zu tun. Nach einer Stunde ist sie immer noch nicht da. Die SMS bleibt unbeantwortet und er beginnt notgedrungen, den Abendbrottisch zu decken. Wegen des Streits von gestern Abend, gibt er sich besondere Mühe, holt sogar die lange gehütete, wahnsinnig teure Flasche Rotwein aus dem Keller, füllt ihren Inhalt in den Dekanter. Er ärgert sich, keine Rosen besorgt zu haben. Der vergoldete Kerzenständer muss als Dekoration reichen.

„Sie lässt sich aber viel Zeit!", denkt er und nascht schon mal eine Kleinigkeit. Er überlegt, dass er sich noch ein frisches Hemd anziehen könnte. Er hat heute geschwitzt. Etwas Gel in den Haaren würde auch nicht schaden.

Im Schlafzimmer merkt er, dass einige Dinge, alle Sachen von Anita, fehlen. Aufgeregt flitzt er durch die Wohnung. Keine Spur erinnert an Anita. Selbst im Wäschekorb, der am Morgen noch fast überquoll, ist nur seine eigene Schmutzwäsche. Eine zerrissene Strumpfhose von ihr hängt aus dem Mülleimer.

„Sie ist ausgezogen!", stellt er fest, „Einfach so."

Wenn er sie anruft, legt sie immer gleich auf oder nimmt nicht einmal ab.

„Mist!", schreit er laut durch die Wohnung, „Wieso sind Weiber so empfindlich?" Männer sind nun mal so, das ist genetisch bedingt. „Wäre es anders, würde die Menschheit schon in der Ursteinzeit ausgestorben sein", denkt er, „Wenn sie es überhaupt bis dahin geschafft hätte. Fremdgehen war damals überlebenswichtig! In was für einer Zeit leben wir heute?"

Am kommenden Abend steht er bei ihr mit einem dicken Rosenstrauß und seinem unschuldigsten Entschuldigungslächeln vor der Tür. Anita macht nach einiger Zeit auf und sagt kein Wort, als er den Strauß überreicht. Da fällt ihm ein riesiger Stein vom Herzen, einer von der besonders großen Sorte. Er nimmt sich vor, künftig bei Seitensprüngen noch vorsichtiger zu sein. Doch dann geht Anita, langsam und mit so einem schrecklichen Grinsen im Gesicht, einem Grinsen, das nur verletzte Frauen aufsetzen können, zielgerichtet um die Hausecke zum Müllcontainer. Roman folgt mit drei Schritten Abstand. Sie hebt den Deckel an und lässt die Blumen in den Abfall gleiten. Ihre Augen scheinen starr auf das Geschehen gerichtet. Beim Umdrehen trifft ihr Blick auf Roman. Er durchbohrt ihn, wie eine Rouladennadel das rohe Fleisch. Es ist eine Szene, wie im Theater, tausendmal geprobt, perfekt bis in jede Haarspitze, die Einsätze kommen auf die hundertstel Sekunde genau. Anita lässt den Deckel des Müllcontainers niederkrachen. Sie geniest diesen Sound. Dann knallt sie Roman die Wohnungstür vor der Nase zu. Sein Klingeln hat zur Folge, dass Anitas Mutter die Tür öffnet und ihm sagt, dass ein Hurensohn, wie er, hier nicht erwünscht sei. „Hurensohn", das sagt sie wörtlich und betont dabei jede Silbe. Roman ist entsetzt. Es war der Schlussakkord ihrer Beziehung, wesentlich dramatischer, als alles davor.

Guter ist Rat teuer. Was soll er seinen Kumpels sagen, wenn sie in der nächsten Woche zur Geburtstagsfete kommen? Wer kümmert sich um das Essen? Er kann doch nicht beim Pizzadienst anrufen und für mindestens fünfzehn Leute Pizza bestellen: dreimal Hawaii, dreimal Margherita, dreimal mit Thunfisch, einmal mit extra viel Champis, zweimal Calzone und für die Frauen fünf Pizza vegetarisch! Ach ja, zweimal sollte er mit Meeresfrüchten ordern, sicherheitshalber. Und dreimal, besser viermal, Vierjahreszeiten, für Überraschungsgäste. Er wird zum Gespött der ganzen Clique!

Roman beschließt, etwas Gras über die Sache mit Ulla wachsen zu lassen, Anita und sich ein wenig Zeit zu geben. Vielleicht eine Woche lang, dann renkt sich das bestimmt wieder ein! Zu ihrem Kennenlerntag, dem Jahrestag ihres ersten Kusses, damals auf der Party einer gemeinsamen Bekannten, wird er sich irgendetwas Besonderes ausdenken: Einen Ausflug irgendwohin mit dem weißen Cabrio oder eine Halskette oder … Frauen sind käuflich! Roman weiß das, er ist Verkäufer, Spitzenverkäufer.

Drei Wochen später ist die Steuerfahndung in der Firma. Keine Menschenseele kann sich einen Reim darauf machen. Niemand weiß, was die suchen. Etliche Computer und kistenweise Akten nehmen sie mit. Wie soll man da vernünftig arbeiten? Nach weiteren vierzehn Tagen wird er mitten in einem Kundengespräch zum Chef gerufen.

„Wichtig!", sagt die Sekretärin mit einem komischen Gesichtsausdruck und schaut gleich weg. Normalerweise himmelt die ihn regelrecht an. Fünf Minuten später ist er gefeuert.

„Sie wissen schon, weshalb! Falls noch Unklarheiten bestehen, können Sie den Staatsanwalt fragen!", sagt der Chef nur und bittet ihn umgehend das Haus zu verlassen, „Denken sie an ihr quietschgelbes Sakko." Das fand der doch sonst so gut? Und seit wann siezen sie sich?

Roman grübelt, was ihm vorgeworfen wird. Er versteht das einfach nicht. Was ist passiert? Das muss während des Urlaubs gewesen sein, ansonsten wüsste er es. Und: Was kann er dafür? Er war der beste Verkäufer. So viele Wagen wie er hat niemand verkauft. Romans Umsatz war fast doppelt so hoch, wie der vom Juniorchef!

Erst einmal gönnt er sich einen Tag Ruhe. Erst einmal ausschlafen, abschalten und durchatmen. Dann will er zum Chef gehen und mit ihm reden. So einfach lässt er sich nicht rauswerfen! Aber der Chef ist für ihn nicht mehr zu sprechen. Er soll die Papiere für den Dienstwagen umgehend zurückgeben, sonst … Früher war die Sekretärin so nett zu ihm. Nicht einmal einen Kaffee bietet sie ihm an. Sie sagt nur, er sollte besser wieder gehen. Wenn der Chef aus seinem Büro kommt und ihn hier erblickt …

Roman grübelt. Er grübelt und findet keine Lösung für dieses Rätsel. Wenigstens hat er noch das schneeweiße Cabrio. Auf den silbergrauen Dienstwagen verzichtet er gerne. Der ist schön bequem und groß. Ist so riesig, dass er neulich sogar die Teile aus dem Möbelhaus wegbekommen hat. Allerdings ist solch ein Wagen für Roman wirklich nicht repräsentativ genug. Er braucht das Besondere, etwas was sonst niemand vor der Türe stehen hat. Nun ist im Hof wenigstens wieder ein wenig mehr Platz. Die Nachbarin von nebenan, diese alte Schnepfe, die muss sich nicht mehr aufregen, dass sie mit ihrem rostgrauen Punto keinen Stellplatz findet.

Zwei Tage später nimmt er sich vor, mal beim Arbeitsamt vorstellig zu werden. Er will wissen, wie das mit der Krankenversicherung weiter läuft. Bestimmt haben die einen Job für ihn, in drei oder vier Monaten vielleicht. Jetzt braucht er eine Auszeit. Und das Problem mit Anita ist ja auch nicht gelöst. Sie nimmt immer noch nicht ab, wenn er sie anruft. Alle Mails bleiben unbeantwortet.

Er kriecht heute extra früh aus den Federn. Gerade steht er unter der Dusche, da klingelt jemand Sturm an der Wohnungstür. Er will verärgert sein:

„Moment bitte!" in Richtung der Tür schleudern. Da hört er:

„Polizei! Öffnen Sie die Tür! Sofort!" Roman befürchtet, die schlagen die Tür ein und macht rasch auf, wassertriefend und splitterfasernackt, wie er ist. Mehrere Beamte drängen in die Wohnung, in aller Herrgottsfrühe! Die neugierige Nachbarin, diese alte Schnepfe, hat die Tür einen Spalt weit offen und grinst ihn an. Wenigstens hat die ihren Morgenmantel an. Ist besser so. Er ist ja noch jung und knackig. Eine Polizistin hält ihm einen Durchsuchungsbescheid unter die Nase. Roman vergisst, seinen Zustand. Entsetzt liest er das Wort „Durchsuchungsbeschluss" und darunter seinen Namen und die Adresse seiner Wohnung.

„Zeigen Sie mal Ihren Personalausweis!", wird er aufgefordert. Roman rennt in sein Büro, barfuß auf die Fliesen platschend, sieht dort drei Beamte herumstehen, greift ins Sakko und holt die Ausweise heraus. Die Beamtin, die längst hinter ihm steht, nimmt sie triumphierend entgegen und schaut wissend auf den Personalausweis.

„Ziehen Sie sich etwas an!", sagt sie und belehrt ihn umständlich über seine Rechte. Sie ist eine junge Polizistin.

„Verdammt, weshalb gehen die schönsten Weiber zu den Bullen!" Während er den blonden Zopf, der unter ihrer Dienstmütze schwingt, aus dem Augenwinkel bewundert, merkt er, dass er sehr schnell etwas überziehen sollte. Er ist ein junger Mann, das wird ihm jetzt gnadenlos bewusst, trotz dieses Überraschungsbesuchs. Die Wäsche aus dem Schrank klauben, dauert ihm zu lange. Fix zieht er den Schlafanzug, der im Badezimmer auf der Erde liegt, über, wenigstens die Hose. Dann sucht er seine Sachen in Ruhe aus dem Kleiderschrank heraus, was man in solch einer Situation „in Ruhe" nennen kann. Die Beamtin redet immer noch auf ihn ein. Sie hat offensichtlich das Talent zur Verkäuferin, denkt Roman.

„Statt unbescholtene Bürger zu nerven, könnte die doch Autos verkaufen, vielleicht diese Stadtflitzer, die in jede Parklücke vor dem Schuhladen passen."

„Nein, einen Rechtsanwalt, welchen Rechtsanwalt auch, brauche ich nicht!" Er hat sich doch nichts zuschulden kommen lassen. Währenddessen kramen die anderen Beamten sein Arbeitszimmer durch. Das Notebook ist schon abgeklemmt und die externe Festplatte und etliche selbstgebrannte DVDs liegen daneben. Ob die auch die Bilder, die er heruntergeladen hat, mitnehmen? Die CD liegt ganz hinten im Schubfach des Schreibtischs, wo sie Anita wahrscheinlich nie vermutet hätte. Seine Ordner, in die er alle Unterlagen immer fein säuberlich und ordentlich einheftet, wandern, einer nach dem anderen, in graubraune Umzugskartons. Er hat gar nicht mitbekommen, wann sie die hereingeschleppt haben.

Endlich hat er sich vollständig angezogen. Hemd und Krawatte passen farblich überhaupt nicht zusammen, das ist ihm bisher nie passiert. Wieso hat er sich überhaupt den Schlips umgebunden? Sind alles alte Gewohnheiten. Er rennt noch einmal ins Bad, wenigstens die nassen Haare kämmen. Er spürt diesen etwas muffeligen Geschmack im Mund. Gestern Abend hatte er wohl ein Glas Bier zu viel getrunken. Aber das musste sein, er wollte seinem Kumpel Gerd sein Leid klagen. Der jedenfalls hat Verständnis für solch eine belämmerte Lage. Plötzlich versteht Roman, was der mit „Daten auslagern" meinte, als sie auf seine privaten Autogeschäfte zu sprechen kamen. Jetzt ist an Zähneputzen und Frühstücken natürlich nicht zu denken. Der Appetit ist ihm auch mächtig vergangen. Kaum eine halbe Stunde dauert die ganze Aktion. Während die Beamten die Kisten heraustragen, wird er gebeten mitzukommen. Nein, verhaftet sei er nicht, aber es gäbe eine Menge zu besprechen. Er könne sich natürlich weigern, allerdings … Und seine Papiere soll er unbedingt mitnehmen. Als sie gehen, klopft die Nachbarin, diese alte Schnepfe, ihren Türvorleger aus und schaut ihm fragend oder ist es eher triumphierend, nach.

Sie fahren ins Polizeirevier. Roman lässt alles über sich ergehen. Es kommt ihm vor, wie in einem schlechten Film. Nur dass er selbst der Hauptdarsteller ist. Es scheint wohl eine Tragödie zu sein. Den Ausgang kennt man noch nicht. Ein Happy End wird immer unwahrscheinlicher.

Am späten Nachmittag darf er wieder nach Hause gehen. Nein, er wird nicht gefahren, er könne sich ja ein Taxi bestellen. Einen Rechtsanwalt hat er nun auch. Der sagt ihm, dass es ein Fehler war, der Vernehmerin über die Angelegenheiten so freizügig Auskunft zu geben.

„Was die nicht stichhaltig belegen, wird sowieso nicht zugegeben!" Am besten ist es, als Beschuldigter die Klappe zu halten und den Anwalt walten zu lassen. Deshalb heißt der nämlich Anwalt. Dieses Wortspiel musste der Kerl auch noch mindestens dreimal wiederholen, so als ob Roman das nicht beim ersten Mal begriffen hätte. Mehrmals geht sein Temperament als Verkäufer mit ihm durch. Da redet er einfach drauflos und der Verteidiger hat große Mühe, ihn zu bremsen.

„Sie werden schon sehen, was sie sich damit eingebrockt haben", resümiert er zum Schluss. Plötzlich hat Roman Hunger, regelrecht Knast. Ihm wird bewusst, dass er heute noch nichts gegessen hat. Nur ein paar Tassen von diesem lauwarmen Polizistenkaffee und zwei Glas Wasser hat er getrunken. Je länger er darüber nachdenkt, je öfter sein Gehirn das Wort „Knast" denkt, desto mehr wird ihm schlecht. Auf halber Strecke nach Hause ist ja ein Fastfoodrestaurant. Da wird er erst einmal Station machen müssen.

Jedenfalls weiß Roman nun, was er falsch gemacht hatte. Die für seine Beziehung mit Anita verhängnisvolle Reise war dabei das allerkleinste Problem. Die wurde gerademal am Rande erwähnt.

Das weiße Cabrio hat er auch nicht mehr. Das wurde beschlagnahmt. Die Papiere hat man ihm einfach abgenommen. Dummerweise hatte er den Autoschlüssel am Bund. Morgen muss er den Zweitschlüssel samt Fahrzeugbrief vorbeibringen. Zwei Beamte sind wohl gleich losgefahren, seinen Wagen sicherzustellen. Als er später zu Hause ankommt, steht er nicht mehr im Hof.

Das Lösen von Fahrscheinen für die Straßenbahn am Automaten erscheint ihm äußerst kompliziert und umständlich. Allerdings lässt er lieber eine Bahn wegfahren, statt ohne Billett einzusteigen. Ärger hatte er heute schon mehr als genug. In Gedanken versunken, vergisst er das Aussteigen beim Fastfoodrestaurant. Er hat bestimmt noch eine Tiefkühlpizza im Kühlschrank.

Damit hatte Roman nicht gerechnet. Anita ruft ihn an. Zum ersten Mal seit Wochen telefoniert er nicht mit seinem Handy. Er wollte den Festnetzanschluss, diese unnötige Geldverschwendung, längst kündigen. Nun ist er froh, es immer wieder aufgeschoben zu haben. Ihm fällt ein, das Mobiltelefon sperren zu lassen. Sonst machen die Bullen womöglich Quatsch damit. Ausgerechnet jetzt, da er so in der Klemme steckt, da er sich seit zwei Tagen richtig mies fühlt, ruft sie an. Er reißt sich zusammen und will sich bei ihr entschuldigen. Er schöpft Hoffnung, dass sich wenigstens das Problem mit Anita beheben lässt. Etwas Trost von ihr, würde ihm guttun!

„Ja, das war blöd von mir! Entschuldige Schatz. Die hat mich regelrecht eingewickelt und ich hatte schon ein paar Glas Schampus inne und zwei oder drei Cocktails. War nicht mehr zurechnun…" Weiter kommt er mit seinen Worten nicht. Anita unterbricht ihn.

„Halt die Klappe! Dein Gesülze interessiert mich nicht. Meinetwegen kannst du mit dieser Ulla dreimal am Tag herummachen oder zehnmal. Erzähl lieber, was mit dir los ist!", giftet ihn seine Ex an. Roman begreift nicht, was sie meinen könnte.

„Nichts ist mit mir los. Mir geht es gut. Na ja, au-ßer, dass mit uns nicht alles so ist, wie ich es mir wün-sche!"

„Papperlapapp! Rede kein Blech! Was ist los! Aber verkauf mir kein Auto! Deine Romane interessieren mich nicht! Fakten, will ich!" Das war Klartext. Spielt jemand auf seinen Vornamen an, sieht er normaler-weise rot. Jetzt reißt sich Roman zusammen. Erst einmal schweigt er. Und Anita weiß, was es bedeutet, wenn Roman mehr als zehn Sekunden lang nichts sagt.

„Ich hatte heute ein Date mit einem netten Polizis-ten, direkt im Polizeipräsidium", nimmt Anita den Gesprächsfaden wieder auf. Ihre Stimme enthält etwas Vorwurfsvolles, etwas Provokatorisches. „Der hat nicht so komisch gelabert, wie du. Und gut hat der auch ausgesehen. Und solche Muckis hatte der, da kannst du dir noch eine Scheibe abschneiden." Anita weiß, wie stolz Roman auf seine sportliche Figur ist, wie viel er monatlich für den Fitnessklub ausgibt und wie ihn die letzte Bemerkung kränken muss. „Der hat vielleicht komische Fragen gestellt. Ich dachte erst, da wäre etwas gewesen, weil ich neulich zu schnell un-terwegs war und sie mich geblitzt hatten. Doch die interessierten sich nur für dich. Und für meinen Wa-gen. Ach nein, das war mein Wagen. Den haben sie eingezogen. Irgendetwas wäre nicht in Ordnung da-mit. Der Verkäufer hätte da etwas gemacht. Genaues haben die mir nicht gesagt. Wollten es von mir wis-sen. Doch was sollte ich sagen? Du hast den Polo ja besorgt." Anita schweigt plötzlich auch. Sie erwartet, dass Roman ihr etwas erklärt. Aber der sitzt wie ein Häufchen Unglück in seinem Sessel und sagt kein einziges Wort.

„Na gut, wenn du mir nichts sagen willst, dann eben nicht. Ich habe mich jedenfalls dumm gestellt, denen nichts erzählt. Nichts zu deinem Cabrio, den Tankfüllungen, die du in der Firma eingefüllt hast, der sogenannten Dienstreise nach Mallorca, deinem Flittchen, dass du da aufgerissen hast. Oder hat sie dich aufgerissen? Nein, ich glaube eher, du warst das. Bei dir braucht ja bloß mal eine mit ihren Titten zu wackeln und schon rutscht das bisschen Verstand in den Schwanz und du bist nicht mehr zurechnungsfähig. Zu den anderen Dingen, die sie wissen wollten, konnte ich auch nichts sagen. Ich weiß gar nicht, was das alles war. Die Liste scheint ewig lang zu sein."

„Anita", flüstert Roman mit heiserer Stimme. „Ich glaube, ich habe ein paar Probleme."

„Dir steht die Scheiße bis zum Hals! Gratuliere! Aber ich habe jetzt keine Zeit mehr, muss mich erst mal kümmern, wie ich zu einem Auto komme. Ich kann ja nicht jeden Tag die achtzig Kilometer mit der Bahn fahren!" Als Roman zu einer Erwiderung ansetzen will, merkt er, dass sie bereits aufgelegt hat.

„Ich schreibe ihr eine Mail", beschließt er. Nur womit soll er das machen. Notebook und Smartphone liegen bei der Staatsanwaltschaft. Den Gedanken, einen Kumpel um Hilfe zu bitten, verwirft er. Er kennt nicht einmal die Mailadresse von Anita auswendig und es ist ihm so peinlich.

So viel Post, wie in den vergangenen Wochen, hat Roman in den letzten zwei Jahren nicht aus dem Briefkasten gefischt. Rechnungen, Aufforderungen vom Gericht, Briefe vom Anwalt, … Nichts, was halbwegs den Anschein von etwas Nettem erweckt. Roman freut sich, wenn es wenigstens nur irgendwelche Werbung ist. Nach dem jüngsten Blick auf seine

Kontoauszüge beschließt er, sich eine kleinere, vor allem billigere Wohnung zu suchen. Es muss schnell gehen. Er hatte so viele Ausgaben. Einnahmen sucht er vergeblich. Nah am Stadtrand findet er eine kleine Zweizimmerwohnung. Das Renovieren spart er sich, obwohl es angebracht wäre. Seine alte Herberge scheint ihm noch ordentlich auszusehen. Auch die will er nicht malern. Der Vermieter ist anderer Meinung und verweist auf die Kaution, die er nun in Anspruch nehmen wird.

„Die Badewanne sieht mächtig zerkratzt aus. Und wer schmiert die vielen Löcher in den Wänden zu?" Die Umzugsfirma ist nicht billig. Seine Freunde haben dummerweise gerade keine Zeit. Etliche der Möbel hat er verkaufen müssen. Viel Geld bekam er auf die Schnelle nicht. In der neuen Wohnung ist einfach kein Platz dafür. Roman klingelt bei seiner Nachbarin, der alten Schnepfe. Ihr Punto steht ausgerechnet am Umzugstag genau vor der Haustür und blockiert alles. Ja, so eine mickrige Rostlaube kann zum Problem werden.

„Sie ziehen aus? Das ist aber schade!", sagt sie. Roman lässt sich auf kein weiteres Gespräch ein. Er merkt sofort, dass die Nachbarin, diese alte Schnepfe, ihn am liebsten aushorchen würde: Wo er denn hinzieht, weshalb er auszieht, sie hatten doch eine so angenehme Nachbarschaft und die nette junge Dame, die bei ihm gewohnt hat, ist auch schon lange nicht mehr hier gewesen, …

Auf dem Flohmarkt kauft er sich ein ziemlich marodes Fahrrad, sonst müsste er zwanzig Minuten bis zur Bushaltestelle laufen und weitere fünfzehn Minuten Busfahren, wenn der gerade mal fährt.

Wenigstens hat ihm sein alter Kumpel Mehmet einen Verkäuferjob bei einem Gebrauchtwagenhändler besorgt. Für den jetzigen Verdienst hätte er früher keinen Finger krumm gemacht. Er arbeitet zehn Stunden am Tag. Er hasst diese verrosteten Kisten, die er den Kunden aufschwatzen muss. Für das, was die kosten, hätte er damals seinen Käufern nicht einmal den linken hinteren Lautsprecher der Musikanlage vermacht. Nach drei Wochen überlässt ihm sein Chef einen klapprigen Punto, ausgerechnet einen Punto. Gorge, der Mechaniker, guckt sich die Kiste an und macht sie halbwegs fahrbereit. Ein paar Teile tauscht er mit denen anderer Fahrzeuge, die gerade auf dem Hof stehen. Eine TÜV-Plakette hat der Wagen plötzlich auch. Wenigstens muss er jetzt nicht immer mit diesem quietschenden Drahtesel kutschieren. Seinem Hintern tut dies gut. Zumindest geht es einige Wochen lang so. Dann gibt die Rostlaube endgültig auf. Roman ärgert sich über jeden Cent, den er da noch reingesteckt hat. Gerade hatte er sich ein paar gebrauchte Schlappen für die Vorderachse besorgt. Er befürchtete, dass die alten in allernächster Zeit den Geist aufgeben. Irgendwelche Drähte aus dem Innern schauten schon heraus.

„Wieso ist da Draht drin? Da gehört Gummi rein!"

* * *

Gestern war der zweite Verhandlungstag. Zuerst wurde sein Chef, sein Ex-Chef befragt. Der hat kein gutes Haar an ihm gelassen. Hätte ja mal sagen können, dass er ein spitzenmäßiger Verkäufer war. Das mit der Schadenssumme ist garantiert übertrieben. So viel kann es gar nicht sein! Sogar der Richter hat ihn gefragt, ob das stimmt. Der Chef hätte für alles Belege. Schließlich musste er etlichen Kunden ein Auto geben, weil ihres beschlagnahmt war. Er kann sich bis heute nicht vorstellen, wie Herr Rübbenklamm - er spricht Roman jetzt mit dem Nachnamen an - die Wagen mehrmals verkaufen konnte. Er hätte sich wohl baugleiche Gebrauchte oder waren es Geklaute, billig besorgt und als Neuwagen verscherbelt. Roman fragt sich, wie der das heraus bekommen hat.

Dann musste Anita Auskunft geben. Auch sie nennt ihn „Herr Rübbenklamm". Sie sagt nichts Konkretes. Sie hätte von nichts gewusst, nicht einmal etwas geahnt. Ja, über vieles konnte sie wirklich nicht Bescheid gewusst haben. Wenigstens reitet sie ihn nicht noch weiter in den Schlamassel rein. Doch diese beiläufigen Bemerkungen hätte sie sich sparen können:

„Nein, mit Herrn Rübbenklamm stehe ich in keinerlei Verbindung mehr." Das wäre sowieso nur eine oberflächliche, von mehreren Liebeskapaden ihres damaligen Freundes geprägte Beziehung gewesen. Und nun wäre sie froh, diesen komischen Namen „Rübbenklamm" niemals tragen zu müssen. Das wurmt Roman mächtig. Doch es hätte schlimmer kommen können.

So wie gut vier Wochen später. Da soll der Autohändler, Romans Ex-Kumpel Vitali, aussagen. Der heißt wohl gar nicht Vitali. Das ist Roman egal. Der hat nichts zu verlieren, sitzt seit mehreren Monaten in U-Haft und wird sicher ein paar Jährchen gesiebte Luft atmen.

Romans Anwalt macht auch seinem Mandanten wenig Hoffnung.

„Bei dieser Summe ... Selbst die Tatsache, dass sie Ersttäter sind, bisher nie auffällig waren, ... In ihrer

Branche, da sind die Richter recht großzügig, wenn es um Haftstrafen geht. Die haben einschlägige Erfahrungen. Wäre wenigstens das mit der Steuerhinterziehung nicht, aber so … Dreieinhalb, vielleicht vier Jahre sollten sie einkalkulieren. Werden es weniger, können sie sich freuen. Rechnen sie, bei guter Führung mit Zweidritteln, die sie einsitzen müssen. Mit etwas Glück gibt es vorher Freigang."

* * *

Fast so schlimm, wie die gut drei Jahre Freiheitsentzug, ist das Warten auf den Termin des Haftantritts. Jeden Tag grübelt Roman, was ihn im Knast erwartet. Kommt er mit einem Mörder in eine Zelle? Ist das Essen genießbar? Wie blöd sieht es aus, wenn er gestreifte Klamotten tragen muss? Ach nein, das sind ja zum Glück nur Klischees aus alten Filmen!

„Sollen sie mich doch gleich einlochen!", sagt er sich immer wieder. Der Abstieg, den er hingelegt hat, ist unglaublich. Vor einem Jahr war Geld für ihn nichts, nichts worüber er nachgedacht hat. Das war stets da, mehr als genug. Es gab keinen Wunsch, den er sich, Anita oder seinen Freunden nicht umgehend erfüllt hätte. Inzwischen dreht er jeden Cent mehrmals um, geht lieber zu Fuß, als dass er eine Fahrkarte für den Bus zieht. Seinem Vermieter versucht er aus dem Weg zu gehen. Werden die Schulden zu hoch, passt der ihn ab. Auf Klingeln reagiert Roman seit Monaten nicht mehr. Irgendwie kriegt der es immer hin, dass er ihn doch erwischt. Neulich hat der sogar mit fristloser Kündigung und Zwangsräumung gedroht. Sein Anwalt meinte dazu, so etwas geht nicht so fix. Und demnächst würde er ja mietfrei wohnen.

„Der hat einen Humor!", denkt Roman, „Was wird in dieser Zeit eigentlich aus der Wohnung, den Möbeln, meinen Klamotten, …?"

Heute lag eine Benachrichtigung von der Post in seinem Briefkasten. Ein „Einschreiben eigenhändig mit Rückschein" liegt für ihn zur Abholung bereit. Wer schickt ihm denn so etwas? Nach dem Mittagessen, drei Spiegeleier mit Trockenbrot, mehr gab der Kühlschrank nicht her, macht er sich auf den Weg. Dem Vermieter entwischt er gerade noch. In der Postfiliale ist eine lange Schlange vor ihm. Vor Ostern schicken sich die Leute viele Pakete, vieles ist auch von diesen Buchläden aus dem Internet. Dann erhält er die Sendung ausgehändigt. Glücklicherweise findet er seinen Personalausweis in der Jackentasche. Sonst müsste er noch einmal heimwärts traben und ihn holen.

Der Brief ist ziemlich dick. Der Absender lässt Schlimmes ahnen. Er nimmt sich vor, ihn zu Hause und erst spät am Abend zu öffnen. Den Tag möchte er sich jetzt nicht versauen.

Weil er nicht weiß, was er in seiner Wohnung anfangen soll, geht er in den Park und setzt sich auf eine Parkbank. Er schaut den Kindern zu, die in der Nähe auf einem Klettergerüst toben. Dann schlendert er eine Runde um den Ententeich, setzt sich wieder auf eine Bank. Während sich die Entenmänner um die Entenfrauen streiten, gewinnt die Neugier überhand. Er reißt den Brief auf. Gleich auf dem ersten Blatt steht der Termin für seinen Haftbeginn. Die anderen Seiten enthalten alle möglichen Informationen, was er mitbringen soll, welche ärztlich Untersuchungen und Atteste er sich vorher besorgen soll, welche Bescheinigungen er benötigt und vor allem, was ihm droht, wenn er der Aufforderung zum Haftantritt nicht Folge leistet. Immerhin weiß er jetzt Bescheid. Er hat noch gut zwei Wochen Zeit.

„Wenn ich gleich hinfahre, dann komme ich auch früher wieder raus!", denkt er. Wahrscheinlich würden die ihn heimschicken. Er ist ja ungefährlich, kein Mörder, kein Terrorist, kann ruhig noch ein paar Tage frei herumlaufen. Er ist nur einer, der ein wenig mit geklauten Autos gedealt hat und noch einige andere unbedeutende Sachen auf dem Kerbholz hat. Ihn deswegen gleich zu über drei Jahren Knast zu verdonnern, ist doch völlig überzogen! Aber sein Anwalt meinte, er hätte mit dem Urteil Glück gehabt und Revision würde nicht lohnen.

* * *

„Hey, was machst Du denn hier, Roman!", wird er von einer vertrauten Stimme angesprochen. Es ist Anita, die mit einem jungen Mann, der seinen Arm liebevoll um ihre Hüfte gelegt hat, hier vorbeikommt. Die beiden strahlen, so als ob sie gerade den Jackpot leergeräumt hätten.

„Ach, ich habe einen Tag freigenommen. Brauch mal etwas Erholung, habe in letzter Zeit so viel gearbeitet", entgegnet er ohne Rot zu werden. Natürlich sagt er nicht, dass er seinen Job schon vor zweieinhalb Monaten nach einem Streit mit dem Chef geschmissen hat.

„Wo kommst du denn her? Du strahlst ja so!" Es ist eigentlich nur eine Floskel, die Roman in den Raum stellt. So richtig interessiert ihn Anita längst nicht mehr, vor allem seit er mitbekommen hat, dass sie wieder einen Freund hat. Und dieser Typ hier scheint wohl sein Nachfolger in ihren Männerbeziehungen, in ihrem Bett zu sein. Andererseits ist er schon ein wenig neidisch. Wann er das nächste Mal mit einer Frau durch die Stadt schlendern kann, ist völlig ungewiss. Und was wird er einer Partnerin bieten können? Während ihm das durch den Kopf schießt, fühlt er sich noch schlechter. Mit Kennerblick betrachtet er das Paar.

„Geht so, der Typ. Ist nicht ganz ihr Niveau", stellt Roman für sich fest, „Sportlich sieht anders aus, ist sicher ein Studierter. Scheint ihr aber im Bett zu genügen. Ist wohl so eine Art Kuschelbär. Mit mir kann der sich garantiert nicht messen."

„Wir waren gerade beim Frauenarzt!" Anitas Augen strahlen merkwürdig, stellt Roman fest.

„So, ihr wart beim Frauenarzt!", die Ironie in Romans Stimme ist unverkennbar.

„Raphael hat mich natürlich nur begleitet. Er sollte dabei sein, wenn wir die Bestätigung bekommen, dass wir schwanger sind!" Anita betont das „wir" und schaut Roman an, als wolle sie sagen:

„Da hat du Pech gehabt!" Roman verkneift sich die Bemerkung, die ihm spontan auf der Zunge liegt.

„Ein bisschen blöd kann man ja sein, aber so …!" Das denkt er nur. Hoffentlich bekommt das Balg nicht zu viele Gene von diesem Kerl ab!

„Gratuliere!", entgegnet er artig. Er befürchtet, dass Anita ihn nach der Haftstrafe fragen könnte. Sie scheint von ihrem Glück so eingenommen zu sein, dass ihr das scheinbar nicht in den Sinn kommt. Nach ein paar nichtssagenden Sätzen verabschieden sie sich voneinander. Roman versucht noch einen Blick auf Anitas Profil zu werfen, stellt aber fest, dass da nichts, reinweg gar nichts zu erkennen ist. Sie ist gertenschlank, wie eh und je. Er wollte nie ein Kind, auf keinen Fall in den nächsten zehn Jahren, Job und Leben waren ihm immer wichtiger. Plötzlich fühlt er so etwas wie Neid. Regelrecht eifersüchtig ist er.

„Dieser Mistkerl! Dabei könnten in Anita die Früchte meiner Lenden gedeihen!" Doch im selben Augenblick stehen wieder seine eigenen Probleme im Vordergrund.

Roman hat das Gefühl, dass Anita ihrem Freund jetzt von ihm erzählt. Als die beiden ein Stück weit weg sind, dreht er sich noch einmal zu ihm um. Anita scheint ihn zu ermahnen, dies nicht so auffällig zu tun.

Romans Stimmung ist total auf dem Nullpunkt angekommen. Anita hat wohl ihr Glück gefunden. Er hört in Gedanken schon die Hochzeitsglocken läuten, sieht Anita mit dickem Babybauch in einem schneeweißen Hochzeitskleid, schneeweiß, wie sein Cabrio war, aus der Kirche schreiten. Sie ist glücklich, ist werdende Mutter.

* * *

Romans Weg geht seit über einem Jahr steil nach unten. Nach jedem Abgrund, den er erreicht, öffnet sich ein neuer, sperrangelweit. Er ist werdender Knastologe. Er bemitleidet sich abgrundtief. Die Welt ist ungerecht!

Morgen muss er sich pünktlich zum Haftabtritt melden. Seine Siebensachen liegen bereit. Ein Ticket benötigt er nicht, das war in dem dicken Umschlag mit drin. Das Schreiben gilt auch als Fahrkarte zweiter Klasse. Erst jetzt wird ihm bewusst, dass der Schaffner dann sieht, dass er zum Haftantritt, nicht zu Mutters Geburtstag, reist.

Roman geht noch einmal durch die Stadt. Im Supermarkt neben dem Rathaus kauft er sich zwei Tafeln Schokolade und eine Packung Kekse. Heute gönnt er sich mal was! Er will das mit in den Knast nehmen, sozusagen zum Trost für den ersten Tag. Über Tausend folgen dann. Vielleicht nicht ganz Tausend, bei guter Führung könnte er etwas früher rauskommen, hofft er. Als er an der Kasse in der Schlange wartet, steht ausgerechnet seine ehemalige Nachbarin, diese alte Schnepfe, vor ihm. Und sie dreht sich um und erkennt ihn gleich.

„Ach sie sind es! Das ist aber schön. Wissen Sie, die Leute, die jetzt in ihrer Wohnung leben, das sind vielleicht ein paar Stiesel! Die können nicht einmal ordentlich grüßen. Als sie noch da gewohnt haben, …"

„Entschuldigen Sie, ich habe etwas vergessen!", sagt Roman und dreht eine weitere Runde durch den Laden. Irgendwie gibt ihm das ein Gefühl von Freiheit. Dieses Gequatsche kann er jetzt wirklich nicht ertragen.

Das Geheimnis der Hundesitterin

Überraschungen lösen nicht immer Begeisterung aus. Manchmal kommt die Freude etwas später, bisweilen nie.

Jenny ist verwirrt. Dass ihr das passieren musste! Dabei ist es nicht einmal ihr selbst passiert. Sie hat nichts getan, außer … Trotzdem freut sie sich: ein Fünfer!

Jenny ist blond. Das ärgert sie, nicht wegen der ewigen Witze. Sie möchte eher wie Schneewittchen aussehen. Lange, schwarze Locken sind ihr Traum. Die Natur hat sie zur Blondine gemacht. Irgendwelche Gene aus der endlosen Geschichte ihrer Familie haben durchgeschlagen. Eine Tante, mütterlicherseits, war angeblich etwas blond oder war es eine Großtante? Oder sollte die Mutter … Ist sie ein Kuckuckskind? Vater kann sie nicht fragen.

„Zum Kuckuck!"

* * *

Das Telefonieren im Callcenter schlaucht. Jenny hat einen langen Arbeitstag hinter sich. Die Arbeit ist eintönig, die Norm hoch. Pro Anruf hat sie drei Minuten und bei jedem zweiten ist ein Vertragsabschluss fällig. Klappt das nicht, erhält sie weniger Geld. Der Verdienst ist sowieso viel zu niedrig. Mindestlohn ist eine gute Erfindung. Aber wen interessiert das hier? Da dichtet sie dem Angebot ein paar Vorzüge hinzu, verspricht, dass man den Vertrag jederzeit kündigen kann, dass es bei sofortigem Abschluss einen Rabatt oder einen Bonus gibt. Manche mögen eher ein kleines Überraschungspaket mit wertlosem Tand. Jenny hat mittlerweile ein Gefühl dafür entwickelt, wie die Kunden über den Tisch zu ziehen sind. Viel zu oft klappt das. Sie steht unter Druck und reicht diesen weiter. Jenny weiß, dass so etwas nicht in Ordnung ist, dass sie das - zumindest offiziell - nicht darf. Den Tipp gab ihr eine Kollegin, die alleine für zwei Kinder sorgen muss.

Nachts träumt Jenny, dass sich ein aufgebrachter Kunde mit dem Messer in der Hand an ihr Bett schleicht. Oder er stürmt mit einem Knüppel auf sie zu. Eine Demonstration mit brennenden Polizeiautos gab es in Jennys Schlafzimmer auch schon. Und explodierende Autos, Raketen und Monster, die alles niederwalzten. Einmal kam eine alte Hexe, die genauso sprach, wie eine aufgebrachte Kundin, welche sie kürzlich an Telefon hatte. Sie schiebt es auf ihre Fantasie. Die ist bei diesem Job nicht ausgelastet, wird stattdessen dauernd angeregt und entlädt sich nachts wie ein Sommergewitter. Zum Schluss kommt stets dieser Mann mit dem Messer. Es ist am Ende immer derselbe Wahn, der mit dem riesigen, kraftprotzenden Kerl und dem machetenartigen Dolch. In dem Moment, wenn er auf sie zuspringt, sie erledigen will, erwacht sie. Schweißtriefend sitzt sie auf dem Bett und schüttelt sich. Sie fürchtet, dieser Traum könne Wirklichkeit werden. Dann erhebt sie sich und rennt aufs Klo. Anschließend spült sie das Gesicht mit kaltem Wasser ab. Wenn es besonders schlimm ist, stellt sie sich unter die Dusche. Langsam dreht sie den Kaltwasserhahn immer weiter auf, solange bis sie fluchend herausspringt und ihr Handtuch sucht. Natürlich ist das Bad klatschnass gespritzt. Aber das trocknet wieder. Wenigstens kann sie jetzt einschlafen. Sie friert so, dass sie nicht mehr an diesen vermaledeiten Traum denken muss.

Vor gut einem Jahr hat sich Jenny einen Hund angeschafft, einen der auf sie aufpasst, wenn sie schläft. So geht es nämlich nicht weiter, mit den ständigen Albträumen, hat sie sich geschworen. Es ist kein kleiner Vierbeiner, eher ein mittelgroßer, ein schönes, fast ganz weißes Tier, mit schwarzen Strümpfen und einem dunklen Ohr: Eine echte Promenadenmischung, einmalig und unverwechselbar. Jenny hat ihn von einer Frau, die bei ihrem Freund auszog und nun bei den Eltern lebt. Die mögen kein Haustier in der Wohnung. Als die Schwierigkeiten mit dem Gehorsam unerträglich wurden, hat sie sich bei der Hundeschule angemeldet. Inzwischen ist Ricky folgsam, fast zu lieb. Jenny sehnt sich nach Liebe, sei es von einem Hund. Ihr Freund hat sie verlassen, konnte es nicht ertragen, dass sie dauernd unter diesen Albträumen litt. Oder hatte sie zu wenig Zeit für ihn?

Vor kurzem lernte sie einen kennen, war mit ihm zusammen. Sie haben geknutscht. Martins Ex erwischte sie prompt. Hat sie es darauf angelegt? Jedenfalls hat die höllische Angst vor Hunden und ist gleich wieder weg. Nun hat er mächtig Zoff mit ihr. Die Zeit wird das richten, da sind sie sich sicher. Klare Verhältnisse wären wünschenswert, aber Martins Versprechen erfordern Geduld, eine wahre Engelsgeduld und dauernde Ermahnungen. Soll er ihr alles klipp und klar sagen, sie in die Wüste schicken oder auf den Mond oder sonst wohin!

Heute macht Jenny Überstunden. Das kommt in letzter Zeit öfter vor. Der Chef hat einen Großauftrag an Land gezogen. Für jeden Abschluss gibt es einen Extrabonus. Der ist winzig, doch es läppert sich zusammen. Jenny ist für jeden zusätzlichen Cent dankbar. Ihr kleiner Grüner, der eigentlich ein kleiner Rostbrauner ist, muss zum TÜV. Und das kostet. Die Bremsen, die Lenkung, die Radaufhängung, das Reifenprofil, … Jenny grübelt, ob nicht ein neuer Wagen günstiger käme. Natürlich ein neuer Gebrauchter, einer mit weniger als hundertfünfzigtausend Kilometern auf der Uhr. Egal, wie sie sich entscheidet, es wird ein teurer Spaß.

Jetzt sitzt sie in der schallisolierten Kabine, starrt auf den Monitor, der ihr alle Fragen vorgibt und für jede denkbare Antwort des Kunden eine passende Reaktion bereithält. Sie muss nur noch mit der Maus klicken und reden. Wenn es gut läuft, tippt sie dann die Adresse samt Kontonummer ein. Nach jedem Telefonat wählt der Computer eine neue Telefonnummer. Die Kopfhörer drücken auf die Ohren. So geht es seit vielen Stunden. Die Stimme wird krächzend, die Konzentration lässt nach, die Thermosflasche mit dem Tee ist längst leer und die Lutschbonbons für den Hals sind auch alle. Noch fünf Telefonate, dann ist für heute Schluss!

Schnell fährt Jenny zum Discounter. Sie benötigt ein paar Kleinigkeiten zum Abendbrot. Der Kühlschrank war schon am Morgen leer. Knäckebrot, ihre Notverpflegung für solche Fälle, sättigt wenig, vor allem, wenn es pur hinunter gewürgt wird.

„Das staubt zweimal - na und!", denkt sie, „Ricky futtert auch häufig Trockenfutter und das mag sie gerne." Schnell fährt sie zu Martin, ihren Hund abholen. Martin hat heute frei, besser gesagt, er feiert krank. Es geht ihm gut, so gut, dass er Schwierigkeiten hatte, seinem Hausarzt eine glaubhafte Geschichte zu kredenzen. Gerade einmal zwei Tage bekommt er

Auszeit. Wenigstens kümmert er sich um den Hund. Jenny kann sorgenfrei arbeiten, auch mal eine Stunde länger. Alles andere ist egal.

„Wieso nennt man das ‚Krankfeiern'?", überlegt sie. Sie begrüßt ihren Vierbeiner, der schwanzwedelnd auf sie zukommt. Martins Begrüßung ist etwas verhaltener. Wo bleiben die Umarmung, der Kuss? Was ist los? Seine Ex ist anwesend, das bemerkt Jenny erst jetzt. Jennys Feierabendstimmung bekommt einen Knacks.

„Bin auch gerade erst rein. Hatte am Vormittag Besuch vom Chef. Der meinte, ich wäre kerngesund und sollte lieber arbeiten kommen. Anderenfalls würde er mich rausschmeißen. Ich habe vielleicht Schiss bekommen. Der hat das ernst gemeint!" Martin ist regelrecht wütend. Jenny fragt, wer derweil bei Ricky war. Die kann doch unmöglich solange alleine zu Hause sein.

„Zum Glück hatte Annelie Zeit, sich um Ricky zu kümmern. Ich glaube, die beiden haben sich sogar angefreundet." Jenny staunt: Neulich hatte die doch solche Angst vor dem Tier. Wohl ist Jenny bei dem Gedanken nicht, dass Martins frühere Freundin plötzlich die Liebe zu Hunden entdeckt hat. Außerdem hatte Martin versprochen, endgültig Schluss mit ihr zu machen.

Jenny fährt mit Ricky heim. Nach Grundsatzdiskussionen ist ihr heute nicht mehr zumute. Schnell noch Abendbrotessen, eine Runde, eine kleine Runde, eine Pinkelrunde mit Ricky drehen und dann ab ins Bett. Morgen ist die Nacht wieder früh zu Ende. Ach ja, sie nimmt sich vor, die Oma anzurufen, wegen Ricky. Da muss sie zwar einen halbstündigen Umweg einplanen, aber noch einen Tag möchte sie ihre haarige Freundin dieser komischen Zicke nicht anvertrauen. Auf Martin ist kein Verlass.

* * *

Irgendetwas ist in letzter Zeit anders mit Ricky. Sie ist kräftig geworden und deutlich ruhiger.

„Sollte ich ihr etwas weniger zu futtern geben, damit sie nicht vollends verfettet?", fragt sich Jenny. Das würde ihr leidtun. Sie genießt es doch so, wie sich Ricky über jeden Happen freut.

Die letzte Nacht war schrecklich. Zuerst ist Jenny aufgewacht, weil sie wieder solch einen furchtbaren Traum hatte. Ricky sorgt im Moment gerade nicht für moralischen Beistand. Sie ist träge geworden, liegt nur faul herum. Kein befreiendes Bellen, wenn Frauchen unruhig wird.

„Wir müssen das trainieren!", nimmt sie sich vor, „Am Wochenende fangen wir an." Sie hat keine Idee, wie sie das üben soll.

Kaum war Jenny wieder eingeschlafen, bekam sie einen Riesenschreck, erwachte erneut. Irgendetwas schien mit Ricky zu sein. Sie stöhnte, jaulte und hatte Schaum vor dem Maul.

„Bestimmt hat sie Bauchschmerzen, da scheint es mächtig zu rumoren." Sie gießt Ricky einen Kamillentee, den sie vom Abend übrig hat, in die Wasserschale. Ricky schleckt ihn dankbar auf. Dann zieht sie sich etwas über und geht mit dem Hund noch einmal kurz vor die Tür. Ricky kommt nur widerwillig mit. Nicht lange und sie sind wieder in der Wohnung.

„Morgen muss ich mit ihr zum Tierarzt, unbedingt!"

Jenny schläft sehr unruhig. Als der Wecker klingelt, dreht sie sich nicht, wie sonst immer, noch einmal für fünf Minuten auf die andere Seite. Sie steht auf, schaut nach Ricky, die nicht wie gewohnt vor dem Bett ruht.

Ricky liegt im Wohnzimmer auf ihrer Decke. Sie ist nicht alleine. Fünf kleine Knäuel liegen dicht an sie gekuschelt. Sie sind braun, haben Hängeohren und eine platte Nase. Ricky scheint zu strahlen, wie eine junge Mutter. Jenny bekommt einen Schreck: Fünflinge und solche Minimonster! Sie hofft, dass sich das verwächst. Eine Ähnlichkeit mit dem Muttertier kann sie nicht ausmachen. Es riecht etwas streng und der Teppich … Es ist der ausrangierte Wohnzimmerteppich der Eltern. Darum ist es nicht schade.

„Wenigstens muss ich mit Ricky nicht zum Tierarzt fahren!", tröstet sie sich. Soll sie sich freuen oder ärgern? Wäre sie doch nur damals, als man es ihr in der Hundeschule empfohlen hat, zum Tierarzt gegangen. Die paar Euro … Und nun?

Jenny ist fest davon überzeugt, dass Ricky in den letzten Wochen mit keinem Rüden …

„Wie lang ist eigentlich die Tragezeit bei Hunden?" Jenny grübelt, ihr fällt nicht ein, wann es passiert sein könnte. Sie hat immer aufgepasst, obwohl sie es ihrer Ricky gerne gegönnt hätte. Aber die Folgen hätte sie lieber vermieden. Sie stellt dem Hund alles hin, was er benötigt, Futter und viel Wasser. Rausgehen will Ricky jetzt nicht.

„Na gut, da kann man nichts machen", überlegt Jenny und macht sich fertig, zur Arbeit zu fahren. Fehlen darf sie nicht.

„Heute gibt es keine Überstunden! Ich muss einen Putztag einlegen, mich um diese Bande kümmern.

Zum Glück haben wir Freitag, das Wochenende steht vor der Tür. Schnell macht sie mit ihrem Handy ein Foto und postet die Nachricht auf Facebook.

* * *

Es ist wieder spät geworden. Endlich Feierabend! Jenny kommt erschöpft nach Hause. Sie öffnet den Briefkasten. Eine Werbezeitung und ein Brief kommen ihr entgegen. Der Brief ist von Annelie.

„Annelie? Ist das nicht die Ex von Martin, besser gesagt die gewesene Ex von ihm?", staunt Jenny. Was will denn ausgerechnet die von ihr? Im Umschlag steckt eine Glückwunschkarte:

„Herzliche Glückwünsche zur Geburt von Fünflingen!", steht darauf. Und ganz klein am unteren Rand liest sie:

„Falls du den Vater suchst, dann geh in den Stadtpark, hinter die alte Brauerei. Vielleicht triffst du ihn dort. Ist so ein großer, dunkelbrauner Köter, ein Boxer oder so etwas. Viel Spaß! Den hatte der auch."

Jenny ist sauer. Nicht wegen des unverhofften Nachwuchses. Den hat sie inzwischen ins Herz geschlossen, sondern wegen Martin und dieser gemeinen Ziege.

Weitere Geschichten

„Mittendrin und Drumherum"

gibt es im ersten Band unter dem Titel „Lieblich bis zartbitter" zu lesen. Zu erhalten als print-Ausgabe und eBook in den gängigen Internetportalen und Buchläden (ISBN 978-3-7347-6166-9).

Liebe ist das Salz im Leben. Ohne Liebe schmeckt es fad. Um Liebe dreht es in diesen sieben Kurzgeschichten.

Es beginnt mit einer Liebeserklärung an ein Flittchen, eine etwas schmuddelig daherkommende, kiffende Angebetete. Das Thema Liebesbriefe gerät heute in Vergessenheit. Wie sieht es damit in hundert Jahren aus? Und wie lernt man sich kennen? Läuft das nur noch über Flirtportale? Werden im Zeitalter der totalen Überwachung Blind Dates noch möglich sein? Oder trifft man sich mit vorprogrammiertem Romantikfaktor, abgestimmt auf die persönlichen Koordinaten.

In der Geschichte „Weg im Sturm – Eine Frankfurter Liebesgeschichte" streiten sich Robert und Isabell. Robert ist verzweifelt. Er liebt doch seine Isabell! Um den Kopf freizubekommen, läuft er quer durch Frankfurt. Tausend Gedanken gehen ihm durch den Kopf. Erinnerungen werden wach. Selbst ein mächtiger Donnerschlag bringt keine Klarheit, mehrt Zweifel an ihrer Liebe und sich selbst. Gibt es eine Lösung, ein Happyend?

Nachtrag

Sie möchten noch mehr vom Autor und Blogger Rainer Franke lesen? Dann schauen Sie doch einfach im Internet vorbei:

www.twilightfoto.wordpress.com

Besuchen Sie diese Webseite immer Mal wieder! Es lohnt sich bestimmt. Dort gibt es wöchentlich weitere Kurzgeschichten und viele schöne Fotos zu entdecken. Und: Sie verpassen keine Neuigkeiten.

Wenn Ihnen die Geschichten in diesem Band gefallen haben, können Sie es dort kundtun. Falls nicht, lassen Sie ihrer Kritik freien Lauf. Der Autor freut sich über jede ehrliche Meinung.

* * *

Sie suchen ein außergewöhnliches Geschenk für Ihre Lieben? Ich habe da eine Idee:

Gerne lese ich meine Texte vor - im Park, am Ufer, im Café, Garten oder Wohnzimmer. Und vielleicht auch bei Ihnen? Was ich dazu brauche? Nicht viel: Meine Texte sowie meine Lieblingsmusik, damit die Lesung nicht zu trocken wird. Außerdem einen Stuhl, ein Glas Wasser, Lutschbonbons für die Stimme und nette Zuhörer. Zu teuer! Nee, wirklich nicht - versprochen. Auf meiner Homepage finden Sie meine Kontaktdaten.